スパイ失業

赤川次郎

角川文庫
21401

目次

1　消滅

ジュッとフライパンに卵が落ちて音をたてる。

「おはよう」

と、涼子《りようこ》がもう制服に着替えて、ダイニングキッチンのテーブルについた。

「涼子、今日学校の帰りに、病院に寄って来てくれない？」

と、ユリはガスの火を止めて、「お父さんに、下着の替え、届けてほしいの」

「うん、いいよ」

涼子は、皿にスルリと目玉焼が落ちつく間もなく食べ始める。「他には何かある？」

「買って行くものはないと思うわ。玄関に手さげ袋が置いてあるからね。それを届けて」

「うん」

涼子はトーストを頰ばって、「ム……お母さん、今日は遅いの？」

「お仕事が夜にも入ってるの。断るのももったいないし」

「お母さんまで倒れないでね」

涼子はリモコンでTVをつけると、「両親倒れたら、私、面倒みきれないよ」

「中学一年生にみてもらおうとは思わないわよ」

と、ユリは笑って言った。「さ、お母さん、先に出るわよ」

「うん。お皿、流しに置いとく」

十三歳の涼子は、いかにも元気の塊である。

もちろん、母親のユリも劣らずに元気だ。

アパートの奥の部屋へ半ば駆け込むと、ユリはスーツに着替える。

涼子はまだ十五分ほどして出ればいいので、TVのニュースをぼんやりと見ていた。

「へえ……」

東ヨーロッパで、小さな共和国が「なくなってしまった」というニュースだった。

「また、地理の先生が喜んでるな」

と、涼子は顔をしかめた。

地理の授業では、先生が、

「この世界地図はもうこれだけ変っている」

と、欠点を見付け出すのが趣味なのである。

しかも、たいてい、こういう「超マイナー」な国のことがよく試験に出る。

「これを憶《おぼ》えといた方がいいや」

と、涼子は呟《つぶや》いた。

「――じゃ、行くわよ」

と、ハンドバッグを手に、ユリが玄関へ出て行く。

「はい。行ってらっしゃい」

「遅刻しないでよ！」

「大丈夫！」

涼子は、母があわただしく出かけて行く音を聞きながら、

「へえ。――ポメラニア共和国。そんな国、あったんだ」

と、ひとり言を言った。


急いで出たといっても、ユリはしっかりゴミを出すことは忘れなかった。

ゴミ置場で、親しくしている奥さんと挨拶《あいさつ》を交わす。

「ご主人、どう？」

「ええ、相変らずで……。気長に治さないといけないようで」

と、ユリは言って、「それじゃ」

何か話しかけられない内に、会釈してバス停へと向う。

ちょっとした団地で、バスもこの時間が混み合う。列に並んで待っても、全員は乗れ

ないことがあるのだ。

バス停が一段低くなった通りにあるので、階段を駆け下りて行く。人によっては、階段でない斜面を巧みに走り下りるという離れ技をやってのける。

「おはようございます」

みんな、出勤時間は二、三分と狂わないので、互いに顔を知っていて、あちこちで挨拶を交わしている。

ユリは、何とか確実にバスに乗れる位置をキープして、一息ついた。

腕時計を見て、大丈夫、と肯《うなず》く。

「伊原《いはら》さん」

と呼ばれて、少しの間気が付かず、

「――は？」

振り向くと、同じ棟の一階下のご主人である。列の数人後ろについていて、ニコニコと手を振っている。

会釈して返すが、正直、いつもなれなれしいので閉口している。

ことに、ユリの夫、伊原修一《しゅういち》が入院してからは、やや図々《ずうずう》しい態度で話しかけてきたりするのだった。

バスが見えた。いつに変らぬ混雑だ。

でも今日は……。大して苦にはならないのだ。給料日だから！

秋空が高く、都心から少し離れたこの辺りでは肌寒いくらいだが、その冷え冷えとした空気が目を覚ましてスッキリさせてくれる。

バスに乗り込む前に、ユリは一度深く息を吸い込んだ……。

――伊原ユリ、四十一歳。

夫の伊原修一は一つ年上の四十二歳だが、前述の通り、目下入院中。

中一の娘を抱えて、今はユリ一人の稼ぎで暮している。張り切りたくなくても、張り切らなくては仕方ない。

幸い、ユリの稼ぎだけでも何とかやっていける。その点、ユリは恵まれていると言わなければなるまい。

「奥さん……。伊原さん」

満員のバスの中、人をかき分けて、わざわざユリの近くへやって来たのは、さっきの「下の階のご主人」、こと山倉《やまくら》という男。

「いや、良かった！」

何が良かったんだか。――とはいえ、娘もいることで、いつどんなことで世話にならないとも限らない。

「今日はお早いですね」

と、山倉が言った。

「ええ、行きがけに寄る所がありまして」

と、ユリは言った。「山倉さん、このバスだと、すれすれでは？」

「いやなに、ホームへ駆け上れば」

いつも人の顔色を窺《うかが》うような笑い方をして、人に気味悪がられているのだが、本人は全くそう思っていないらしく、「世話好き」を以《も》って任じている。

「ご主人が入院じゃ、何かと大変ですねえ」

と、いつもの枕詞《まくらことば》が始まる。「何か私でできることがあったら、どうぞ遠慮なくおっしゃって下さい。いや、いつも皆さんのお役に立てれば、と思ってるんですから」

「恐れ入ります」

「お帰りが遅くなることもおありですものね。娘さんが心細いようなら、いつでも行ってあげますから」

ユリは、「結構です！」とつい大声で言いそうになって、あわてて口をつぐんだ。

「今、中学一年ですよね。やっぱり一人じゃ危ないというか……」

あんたの方がよっぽど危ない、と言ってやりたかったが、そこはこらえて、

「あの子は、とてもしっかりしていますの。一人でも大丈夫ですわ。ご心配いただいて」

「いえ、ご近所としては当然のことですよ。そういえば、ゆうべも帰りがけの奥さんが、変な男につけられたとか……。うちの家内に電話で言って来ましてね。家内は、団地の〈保安係〉をやっているものですから」

と、山倉は言った。

その〈保安係〉が、いちいち起ったことをしゃべりまくっているのでは困ったものだ。

「やはり、女性は勤めに出ても早く帰るべきですね。家庭内も問題が起きやすいし」

「仕事によっては、早く帰れない方もありますわ」

「もちろん、そうです！　いや、それが悪いと言っているわけじゃないんですよ。ただ用心した方がと――」

バスがグッと大きくカーブして、ユリたちのいる側へ、乗客の重みがドッと押し寄せてくる。――ユリは分っていたので、サッと体をねじった。

いつも山倉が、ここで人に押されたという格好でユリの体に触ろうとするのである。

今日も、山倉は、

「おっと――」

と手を出して――その先にユリはいなかった。

山倉の手は勢い余って、目の前に座っている年寄の禿《は》げた頭へ「着地」した。

「何だ！」

と、にらまれて、

「失礼しました！　つい、押されて――」

ユリはそっぽを向いていた。

「あ、そろそろ出口の方へ行かないと。それじゃ、奥さん」

「行ってらっしゃい」

と、ユリはにこやかに言った。

――やれやれ。

山倉が周りの乗客ににらまれながら、強引に人の間を割って進んで行くのを横目で見て、ユリはホッとした。

さあ、気持を切り換えて――。

給料をもらったら、涼子の靴下とパジャマを買おう。


「もしもし――」

向うが出たので、ユリはいきなり文句を言ってやろうと思ったのだが、聞こえて来たのは、テープの声で、

「この電話は、現在使われておりません」

「何よ、もう!」

頭に来たユリは、「電話番号、変えるんなら、そう言ってよ」

と、電話に向って文句を言った。

――仕方ない。

もう約束の時間を一時間も過ぎている。

ユリは、こっちから出向くことにした。あまりいいやり方とは言えないが、そういっ

までも待っていられない。

それでも、ユリは充分に用心して、通りを渡る前にじっくりと周囲の様子をうかがった。

大丈夫。見張られている気配はない。

ユリは足早に通りを渡って、いささか古ぼけたビルの中へ入って行った。

二階まで階段を上って、すぐのドア。――ノックしようとして、戸惑った。

プレートがない？〈ポメラニア共和国大使館〉のプレート。

外してあって、ネジの穴と、プレートの跡がはっきり残っている。

何だか変だ、とユリは初めて思った。

すると、

「何だ、君か」

と、声がして、見慣れた顔の男が、バケツを手にやって来た。

「大使！　何してるんですか？」

「掃除だよ」

ポメラニア共和国駐日大使、アルブレヒトは、達者な日本語で言った。

「お掃除って……」

「引き払うにしても、きれいにして渡さんとね。立つ鳥、跡を濁さず、だ」

日本に、もう二十年近くもいて、すっかり日本的感覚の身についたアルブレヒトはそう言って肯《うなず》いた。

「引越すんですか？　どうして急に？」

と、ユリが訊《き》くと、

「君……。知らんのか」

と、アルブレヒトは初めて気付いた様子。

「何を？」

「もう大使館はなくなった」

「――え？」

目を丸くして、「でも……」

「今朝、ニュースでやってたろう？　いや、見てりゃ、こんな所へ来ないな。中へ入れ」

ワイシャツを腕まくりして、バケツをさげたアルブレヒトは、ドアを開けて中へ入って行った。

ユリは、中へ入って、立ちすくんだ。――みごとに空っぽで、何もない！

「そうか、今日は月給日だったな」

と、アルブレヒトは言った。「申しわけないが、君に払う金はない。わがポメラニア共和国は、昨日、消滅したんだ」

ユリは、呆然《ぼうぜん》とし――それからヨロヨロとして、壁にぶつかり、やっと立ち直った。

「おい、大丈夫か？」

「でも……大使、どうしたっていうんです？　そりゃ、ポメラニアは小国ですけど——」

「国家財政はとっくに破綻《はたん》していた」

　と、アルブレヒトは言った。「大統領が、外国の土地を買い漁《あさ》って、大損したんだ。それを粉飾決算で隠していた」

「それにしたって……」

「大統領は、自分の隠し財産を持って逃亡した。大臣や議員も次々にいなくなり、市民が騒いで押しかけたとき、もう、国の役人は一人もいなかったんだ」

「何てこと……」

「国の最大の借主の大企業、D社が、国の土地全部を差し押えると宣言した。国民は、半分近くが自分の荷物を持って、隣のK国へ逃げ出した。——今や、あの国はD社の私有地だ」

「そんな……。ひどいじゃありませんか！」

「仕方ないさ」

　と、アルブレヒトは肩をすくめ、「元々、資源も何もない貧乏国だ。どこも手助けしちゃくれん」

　ユリは、頭を振った。悪い夢なら、さめてくれ！

「君も、大変だと思うが、何か日本で仕事を見付けろよ」

「大使は？」

「もう『大使』はよせ。国がないのに、大使もないもんだ」

と、苦笑いして、「どこかコネを頼って仕事を捜す」

「困ったわ！　主人は入院中だし……」

ユリは、このアルブレヒトの下で、十五年に亘《わた》り、「情報収集」の秘密任務に当って来た。

つまり、ユリはポメラニア共和国のスパイだったのである。

2　草の根スパイ

「おはようございます」

できるだけ元気そうに言ったつもりだったが、

「ユリさん、どうしたの？　元気ないわね」

と言われてしまった。

そりゃあ……。自分の祖国がなくなっちゃったら、ショックよね！

「今朝、十時からK会館へ行ってね」

と、人材派遣会社のやり手の女社長、菊池《きくち》依子《よりこ》はパソコンのキーボードを叩《たた》きながら言った。

「はい」

「向うは二人必要って言ってきてるんだけど、あなたしかいないのよ。一人でやれる？」

「二人分、お給料出ます？」

「まさか」

「そうですよね」

と、ユリは肯いて、「誰か声かけますか？」

「役に立つ？　力仕事ってわけじゃないものね。会議の進行よ。経験ないと——」

そこへドアが開いて、

「あの……」

と、顔を出したのは、大学生かと思うような若い男。

「何かご用？」

と、依子が言った。

「何か仕事……ありませんか」

一応、スーツにネクタイだが、何となく貧乏くさい。

「うちは職業紹介所じゃないのよ」

と、依子は言った。「あんた、何か特別なこと、できるの？」

「特別なこと……ですか」

と、何となく顔色の良くないその若者、少し考えて、「カップラーメンの早食いなら得意です」

「私、忙しくてね、馬鹿な冗談に付合ってる暇、ないの。帰って！」

「すみません！　真面目に答えますから！」

と、若者はあわてて、「英会話なら得意です！　向うに三年いたんで」

「ふーん」

と、依子は半信半疑という顔で若者を眺めて、「ユリさん、どう思う？」

「さあ、ともかく使ってみれば？　役に立たなきゃ、クビにすればいいのよ」

「それはそうね」

と、依子はメガネをかけ直して、「じゃ、今日の会議に連れてってみる？　どうせ、向うじゃほとんど英語だし」

「そうね。いないよりはましかも」

「じゃ……雇っていただけるんですね！」

若者の目が輝いた。

「間違えないで。別に、雇うと決めたわけじゃないの。今日、これから我が社一の有能な先輩、伊原ユリさんと一緒に、K会館へ行ってもらう。そこで役に立てば、雇うし、役に立たなきゃ、電車賃も払わない。いいわね？」

「分りました」

「あんた、名前は？」

「河本《かわもと》です。河本初《はじめ》」

「OK。じゃ、行きましょう」

と、ユリは促した。「そこの手さげ袋、持って」

「はい！」

と、いそいそとついて来る。

ユリは振り返って、

「河本君」

「はい？」

「もう少し上等なスーツって、持ってないの？」

「あ……。これ……一着きりなんですけど」

「そう。――ま、とりあえず今日のところはいいわ」

ユリは、河本という若者を従えて、〈オフィス・キクチ〉の入ったビルを出た。

「地下鉄で行くわよ。タクシーより、時間が読めるから」

「はい。あの……先輩」

「何よ。『先輩』はやめて。体育会系のクラブ活動やってんじゃないんだから。『伊原さん』でいいわよ」

「伊原さん、お願いがあるんです」

河本の声はどこか切羽詰っていた。

「何なの？」

ユリは、思わず少し身を引いてしまった……。


ユリは、「凄絶《せいぜつ》」としか形容のしようがない食べっぷりの河本を眺めていた。

呆《あき》れた。

「――いつから食べてなかったの？」

「三日前です……」

カレーライス、チャーハン、ラーメン、ギョーザ。

大して値の張るものはないが、全部を一人でいっぺんに食べれば、お腹が痛くなるのは当り前で、しかし河本はお腹を抱えて呻《うめ》きながらも幸せそう（？）だった……。

「何だか様子が変だと思ってたわ」

ユリは苦笑して、「一文無しなのね？　分った。ここは心やさしい先輩が、おごってあげる」

「す、すみま……せん」

「遅れたら大変だから、出るわよ。私たちの仕事なんか、いくらでも代りがいるんだから、いい加減にやることは許されないの」

と、立ち上って、支払いをすませる。

河本は呻きながら、荷物を手に、ユリの後をついて来るのだった……。

――地下鉄の駅のホームまで来ると、河本の腹痛も大分おさまって、同時に若者らしい活気が見えて来た。

「分りやすい人ね」

と、ユリは笑った。

「すんません」

と、照れて頭をかいている。「あの——会議の仕事って——」

「向うへ着いてから説明するわ。口で言っても分りにくいから」

と、ユリは言った。

K会館での財界人たちの会議。

考えてみれば、この仕事は、ポメラニア共和国のスパイとしてのユリにとっても大切なものだった。

投資の情報や、政治家とのつながり、個人的なスキャンダルまで。

会議そのものは、大して得るところがない。むしろ、会議前の雑談や、会議の後、必ず開かれるカクテルパーティでの立ち話が、「宝の山」なのである。

ユリは、いつも小型のレコーダーを持っていて、それを回しながら、さりげなく出席者の間を回る。そして、役に立ちそうな情報を選んで、アルブレヒトに報告して来たのだ。

今日も、バッグの中にレコーダーが入っている。けれども——耳よりな情報が手に入ったとして、それを持って行く所がなくなってしまったのだ……。

「——電車が参ります」

と、アナウンスがホームに響いた。

しかし、落ち込んで、途方に暮れている余裕など、ユリにはない。病気の夫と、中学一年生の娘を食べさせていかねばならないのだ。

　貯金は、夫の入院時の費用で大分減ったが、それでも何か月かは食べていける。それに、この人材派遣の会社の給料も入るから、路頭に迷うわけじゃない。

　頑張らなくては。――ただ、スパイとしての身分が失われた今、自分の周囲で、きれいにしておかなくてはならないことがいくつかある。

　ゴーッと音がして、電車がホームへ入ってくる。

　スパイといっても、もちろん、ジェームズ・ボンドみたいな撃ち合いや追っかけっこをやるわけではない。地道な情報収集。それがユリの仕事だった……。

　電車が目の前を――。

　突然、背中に誰かの手が当てられたと思うと、ユリの体は思い切り前へ押されていた。全く無防備だったユリは、そのままなら、入って来た電車の前へ転落していただろう。

「――危ない！」

　ぐいとユリの腕をつかんで引き戻してくれたのは、河本だった。

　電車の風圧がユリの顔に感じられる。――わずか数センチの目の前を、車両が通って行った。

「大丈夫ですか？　急に前へ倒れそうになるから――」

「大丈夫、大丈夫よ」

　ユリは、振り返った。

　ホームは、乗客が大勢いて、誰もユリのことなど見てもいなかった。ユリが死んでも、

「電車が遅れちゃう」

と、口を尖《とが》らすだけだろう。

「乗りましょう」

と、ユリは河本を促して、ともかく遅れてはいけない、と電車へ乗った。

扉が閉り、電車が走り出してから、ショックがやって来た。

「伊原さん！——真っ青ですよ！　すみません、代ってもらえませんか」

河本があわてて、座っている人の方へ声をかける。

そう混雑しているわけではないが、空席はなかった。

「いいのよ、立ってられるわ」

と、ユリは言ったが、血の気がひいて、冷汗がふき出してくる。

「どうぞ」

と、女子高生が一人、立ち上って、言ってくれた。

遠慮している場合ではないので、ユリはありがたく座ることにした。——座りながら、
男どもは、席を立とうともしないで、と心の中で文句をつけていた。

「——大丈夫ですか？」

河本は情けない声を出した。

「じき、良くなるわ」

と、ユリは肯《うなず》いた。「荷物、しっかり持っててね」

「はい」

ユリは目をつぶった。

——誰かが私を殺そうとした！

信じられないことだが、それに違いない。

あの押し方は、はっきり、電車の前へ突き落として殺そうという意志を持っていた。

でも——誰が？　誰が私を殺そうとするの？

ユリは、深呼吸をくり返す内に、大分気分が良くなってきて、目を開けると、次は降りる駅だった。

「——さ、降りるわよ」

と、立ち上ると、

「歩けますか？」

「もう大丈夫。青白くないでしょ？」

「さっきよりはましですけど……」

「平気平気。——あら、どうもありがとう」

と、ユリは席を譲ってくれた、セーラー服姿の女子高生に礼を言った。

「いいえ」

と、その少女は首を振って、電車が停ると、ユリたちの後からついて降りて来たのである。

「あ、今日は」

と、ユリは、K会館の受付で足を止め、会釈した。

「あら、ユリさん。ご苦労様」

受付の女性も、もうユリとは顔なじみである。「そちらの方は？」

「私の助手」

「まあ、若い男を引き連れて、なんて羨《うらや》ましいわ」

と笑ってから、声をひそめて、「今日は佐久間《さくま》さんがみえるの。SPがちょっとうるさいかも――」

「建設大臣の佐久間恒《わたる》？　へえ」

いつもの――いや、今までのユリなら「情報集めのチャンス！」と張り切ったろうが、もうそんなことをしても空しい。

「じゃ、また」

と、ユリは会釈して、エレベーターへと向った。

「あの……僕たち、何をするんですか？」

と、河本がいささか不安げに言った。

K会館は、財界トップが会議や会合用に建てたもので、中は豪華な作りになっている。

河本は、ひときわ場違いな印象である。

「雑用」

「雑用ですか」

と、河本はホッとした様子。

エレベーターで七階へ上ると、ユリは、もう慣れた足どりで会議場へと足を踏み入れた。

「わあ」

と、河本がドアの所で立ち止り、妙な声を上げた。

三フロア分をぶち抜いた天井の高い会議場は、ちょっとしたコンサートホールほどの広さ。

「やあ」

壇上で講演用の操作卓を点検していた男がユリに手を振った。「君が来てくれたのか！　助かるよ」

「何か難しい会議？」

「佐久間大臣が来る。あの人、フランスびいきだ。知ってるだろ」

「ええ、フランス語ができるんでしょ？」

「だけど、まずいんだ。今日はイギリス大使も来る。大臣がフランス大使とフランス語でペラペラやり出したら、イギリス大使はむくれちまう」

「大変ね」

と、ユリは笑った。「じゃ、予め《あらかじ》大臣にそう頼んどけば？」

「むだだよ。分ってるだろ？」

確かに、佐久間恒は、日本の政治家としては珍しく個性が強く、やり手とは言われているが、その分敵も多い。

「SPは？」

「とっくに来てる。君、ちゃんと話しとかないと、連行されるぜ」

「そう。困ったわね」

ユリはチラッと河本の方を見た。

「あの——僕、今日は遠慮しましょうか」

「そうねえ……。何しろ、まだ身分証もないし」

当然SPは退去を命じるだろう。河本一人ならともかく、ユリも一緒に、ということになると、仕事そのものができなくなる。

「それじゃ——」

と言いかけたときだった。

豪快な笑い声が、会議場に響いて、ユリはびっくりした。

「あれ、大臣だ」

と、男が言った。「こんなに早く？」

確かに、入って来たのは佐久間恒その人だった。しかし、ユリがびっくりしたのは、それだけではなかった。

大臣と一緒にやって来たのが、さっき地下鉄の中でユリに席を譲ってくれた女子高生だったのである。

「——大臣！　大臣、困ります！」

と、あわてて追いかけて来たのは、SP。

「やあ、ご苦労」

と、佐久間は言った。

「一人でおいでになったんですか？」

「うん。この子と待ち合せてたんでね」

と、女子高生の肩を叩《たた》き、「娘の香織《かおり》だ」

「は、どうぞよろしく」

と、がっしりした体格のSPは一礼した。

「僕がちゃんと仕事してるかどうか、一度実際に見ないと信用できないって言うんでね」

「でしたら、お嬢様にもSPを——」

「必要ない。税金のむだだ」

「ですが——」

「あ、さっきの」

と、大臣の娘がやって来ると、「もう大丈夫ですか？」

これで、ユリも河本も、追い出される心配はなくなったのである……。

3 危機

「何ですって?」

と、ユリは言った。

河本が小さくなっている。——本当に小さくなったように思えた。

「君——だって、言ったじゃないの!『向うに三年いた』って」

「はあ……。九州に三年……」

「九州——」

ユリが絶句した。

「すみません! あんまり腹が減って、ともかく何が何でも仕事をしないと、死んじゃうと思って……」

河本がペコペコ頭を下げている。

ユリはため息をついた。——怒鳴りつけて、叩き出してやりたいところだが、この河本に命を救ってもらったのも事実だ。

「私にさんざんおごらせて!」

ユリは、ガラス越しに会議場を見回した。

「もうじき講演は終るわ。——仕方ない。じゃ、あなた、全然英語、しゃべれないのね？」

「〈ハウ・アー・ユー〉くらいでしたら」

「それじゃ仕方ないわ。ここにいて」

と、ため息をつく。

「あの——何の仕事だったんですか？」

「この後、隣の会場へ移って、パーティなの。そこではあちこちで話が始まるでしょ。その間を駆け回って、通訳するのよ」

「と、ユリは言った。「正規の通訳だけじゃ足りないの。だから私たちが——私が手伝うのよ」

「凄《すご》いですね。じゃ、英語ペラペラで」

「君にほめてもらってもね。——フランス語もドイツ語もできるわ」

「はあ……」

河本は唖然《あぜん》としている。

「終るわ。——じゃ、君、パーティ会場の入口辺りに立ってなさい。知らない人が見たら、ガードマンかと思うわ」

「それならやります！」

ホッとしたように言う河本に、つい笑ってしまうユリだった。

同時通訳のブースを出ると、

「あ、ご苦労様」

佐久間大臣の娘、香織が立っている。

「お嬢さん、ここで何してらっしゃるんですか？」

「そんな言い方、やめて」

と、口を尖《とが》らし、「父もいやがるわ。香織って呼んで」

「香織さん。——お父様のことがお好きなんですね」

「そうね。ま、世間並みより少し好きかな」

十七歳の高校二年生。——一人っ子だそうで、佐久間の可愛がりようが想像できるようだった。

「同時通訳を見物してたの」

「面白いですか？」

「私の母、通訳だったのよ」

と、香織は言った。

「そうだったんですか」

「父に付いて、三日間行動を共にして、三日目に父がプロポーズしたんですって」

と、笑顔になる。

「確か去年――」

「おととし。もう、おととしなんだなあ。ガンって分ったときは手遅れでね……」

「そうですか」

「でも、父はあのとき外務次官だったから、ほとんど母のそばにいてあげられなかったの。私、父を恨んだわ。でも、それを一番よく分っていたのは、母自身だった……」

ちょっと、言葉を切ると、香織は目を上げて、「天井、高いのね」

涙が落ちないように、上を向いたのかもしれない、とユリは思った。

「もうパーティ会場へ……」

と言いかけて、ユリは妙な声のする方へ振り返った。

河本が、「ウウ……」と、妙な呻《うめ》き声を上げて、泣いているのだった。

「あ、君ね――フランス語、分る？」

と、声がかかる。

「はい」

ユリはすぐにその日本企業の社長と、フランスのジャーナリストとの会話へ入って通訳した。

ジャーナリストの話はかなり専門的に、微妙な点にまで広がっていたので、ユリは理解できないふりをした。ユリが細かい話も通訳できるとなれば、話は終らないだろう。

パーティの席で、うかつな答えはできない。特に日本の企業人は、そういうとき、当意即妙の返事ができるように訓練されていないのだ。

「君、ドイツ語、分るか?」

と声をかけられ、ユリは、

「はい、分ります」

と答えながら振り向いた。

「ドイツ語とフランス語で通訳してほしい」

と、佐久間大臣が言った。

「はい、大臣」

と、ユリが言うと、

「やめてくれ。その『大臣』は余計だ」

と、佐久間は笑った。「こっちへ来てくれ」

フランスの外交官とドイツの光学メーカーの社長が、佐久間を待っていた。

立食パーティは、盛会だが、どこで誰と誰がしゃべっているか分らないので、通訳にとっては大変だ。

大方は英語をしゃべるので、英語、日本語の通訳をすればいいのだが、フランス人は英語をしゃべらない。分っているはずだが、分らないふりをしたりするのだ。

「フランス語だけなら、僕もできるが、ドイツ語となるとね……。こちらのドイツの方に、フランス語を通訳してさし上げてくれ」

「かしこまりました」

ユリの腕の見せどころである。

ポメラニア共和国は東ヨーロッパだったから、ドイツ語は身近で、かつ、ハンガリー語、チェコ語も大体は理解できた。

ユリの語学力を知ると、フランス人もドイツ人も、ほとんどまくし立てるようにしゃべり出した……。

——香織は、パーティの隅の方で、あまりみんなが手を付けていない料理をせっせと食べていた。

天井の高い会場で、人々の話し声がワーッと一つに溶け合って渦を巻いている。

父の姿をずっと目で追っていたのだが、すぐに見えなくなってしまった。

仕方ない。——仕事なんだから。

ふと、わきへ目をやると、さっきの面白い人が立っていた。両足を踏んばって、仁王様みたいな怖い顔をしている。

それを見ていると、香織はつい笑いがこみ上げて来た。河本というその青年が、ここへついて来た事情を、伊原ユリから聞いて知っていたからである。

「——ご苦労様」

と、香織は近付いて、声をかけた。

だが、河本はじっと正面を見つめたまま、返事もしない。

「河本さん？——もしもし？」

電話じゃあるまいし。香織は、持っていたフォークを皿にのせ、空いた手を河本の顔の前で振ってみた。

河本は瞬《まばた》きもしない。——香織は真正面に立って、アカンベーをしてみたり、目を寄せてみたりした。

「——やめて下さい」

と、河本が顔をしかめて言った。

「あ、何だ。眠ってるのかと思った」

「目を開けて眠るほど、器用ではありません」

「じゃ、どうして話しかけても返事しないの？」

「バッキンガム宮殿の衛兵も、正面を向いたきり、何があっても笑いません」

「ロンドン、行ったの？」

「TVで見ました」

「あなた、ガードマンじゃないんでしょ？　あの伊原さんについて来ただけじゃないの。そんなに頑張らなくたって——」

「これしかできませんから」

正直な男ではある。

「ね、お料理、一杯余ってるのよ。食べれば？」

食べる、という単語を耳にしたとたん、河本の表情に動揺がはっきりと表われた。

「任務を放棄して、食べてなどいられません！」

「でも、立ってても仕方ないんじゃない？　本当のガードマンじゃないんだから、柔道とかできないんでしょ？」

「そう言われると辛《つら》いですが――。書道なら三級でした」

どこまで真面目なのか、よく分らない。

「いらっしゃいよ。私のそばで、ボディガードをする、と思えばいいでしょ」

この理屈は、河本にとって逆らい難い魅力だった！

いそいそと香織について料理の並んだテーブルまで行くと、皿にたちまち溢《あふ》れんばかりの料理を取って食べ始めた。

「凄《すご》い食欲だ」

と、香織は笑って言った。

父はどこか、と見渡すと、外国人、三、四人に囲まれて、何やら熱弁を振《ふる》っている。

「お父さんって、話に熱中すると、英語、フランス語、ごっちゃにしてしゃべったりするのよね」

「でも……『ごっちゃ』にできるだけ、凄いです」

と、河本は食べる手を一旦《いったん》止めて言った。

「伊原さんが、うまく捌《さば》いてるわ」

香織は、外国人たちの中に入って、臨機応変に通訳しているユリを見て、小さく首を振ると、「すてきだなあ……」

と呟《つぶや》いた。

あんな風になれたら。そして——香織も気付いている。伊原ユリにひきつけられるのは、彼女が、亡くなった母親を思い出させるからなのだ、ということに。

香織は、通訳として忙しく働いている母の姿を見たことがない。話には聞いたが、結婚し、香織を産んでから、母、明子《あきこ》は通訳の仕事はしていなかった。

その母のことを、今、伊原ユリがまるで「再現して」くれているように、香織には感じられるのだった……。

話が一段落したらしい。ユリは、香織の方へやって来た。

「——ああ、汗かいた」

と、ユリは本当に汗で額を光らせている。

「あっちこっち、話が飛び交って……。あら、河本君じゃないの」

河本が、見られてはまずいと思ったのか、背を向けて食べていたのである。

「ご、ご苦労様です……」

「無理しないで。よく入るわね、さっきあんなに食べといて」

と、ユリは笑った。

「伊原さん――」

と、香織が言いかけて、「ユリさんって呼んでもいい？」

「どうぞ」

と、目を見開いて、「何か？」

「ううん。――とってもすてきだな、と思ったの」

「亡くなったお母様のことを思い出して？　そうなんでしょう？」

「ええ……。どうして分るの？」

「ちょっぴり想像力があればね」

と、ユリは微笑んだ。

そこへ、佐久間がやって来ると、

「やあ、助かるよ！　君がいなきゃ、今日はお手上げだった」

「お役に立てば幸いです」

と、ユリは会釈した。

「しかし、君……。どうして、それだけの通訳の能力があるのに、もっと専門の通訳にならないんだね？」

「私のは、専門的な通訳の勉強をしたわけじゃないんです」

と、ユリは説明した。「今さら、高校からやり直すってわけにもいきませんから」

「そうか。じゃあ、向うにいたことがあるんだね」

「いくらかは」

と、肯《うなず》いて、「でも、日本で勉強したものが、ほとんどです」

「才能だなあ」

と、香織が感心して、「私なんか、聞いてたって、何語かも分らない」

「それは不勉強ってものだ」

と、佐久間が笑って言った。「やあ！　ボンジュール！」

すぐにまた、二、三人のフランス人が寄って来る。

「フランス語だけなら、私がいなくても大丈夫」

ユリは、皿を取って、少し料理を食べることにした。

「ユリさん、結婚は？」

と、香織に訊《き》かれて、ユリは口へ入れたチキンを喉《のど》へ詰らせそうになった。

「――ええ、あの……亭主が一人と、娘が一人。あと恋人が――残念ながらゼロ」

「お嬢さんが？」

「今、中学一年生です」

「へえ。一度会いたいな」

ユリは何か言いかけて、

「――香織さん。あの日本人、知り合いですか？」

「どの人？」

その男は、はっきり佐久間を見ていた。

若すぎる。こういう場には似合わなかった。それが、ユリの目をひいたのである。

「あの若い人？　知らない」

と、香織は首を振った。

「河本君」

「は？」

「私のお皿、悪いけど持ってて」

と、押し付けると、ユリは食べていたフォークだけを手に、佐久間のそばへ歩み寄った。

若い背広姿の男は、人の間を縫って、佐久間から数メートルまで近付くと、上着の下から拳銃《けんじゅう》を抜いた。

「お父さん！」

と、香織が叫んだ。

ユリは左手で佐久間を突き飛ばし、同時に右手のフォークをその男の顔へ投げつけた。

もちろん、フォークは相手を傷つけもしないだろうが、顔に向って真直ぐ飛んでくると、人間はあわててよけようとするものだ。

その男も、飛んで来るフォークをよけようとして、バランスを崩した。

ユリは飛び出すと、サッカーのボールでもけるように、男の足を足で払った。男がみごとに引っくり返り、その拍子に拳銃から弾丸が飛び出して、天井のシャンデリアを粉々にした。

次の瞬間には、警備の担当者がワッと駆けつけて来て、男の上に折り重なるようにして取り押える。

もちろん、パーティ会場は大混乱に陥ったが――。

「――ありがと」

ユリは、河本の手から自分の皿を受け取ると、また食べようとして、「あ、フォークがなかった」

と、新しいフォークを取り上げたのだった……。

4　疑惑

「いや、本当にありがとう。おかげで助かった」

佐久間にくり返し言われて、

「いえ、もう……」

と、ユリは照れていた。「でも——」

「うん？」

「一つ、ふしぎなんです」

「何が？」

「あの男が、どうしてパーティに入れたのか、です」

と、ユリは言った。「当然、招待状のない人間は入れないことになっていたでしょうし、仮に入れたとしても、ボディチェックがあったでしょう。それなのに、どうして——」

——パーティがすんで、会場の片付けが始まっている。

ロビーには、佐久間と香織、そしてユリと河本の四人がいた。

むろん、面目を失ったSPも、渋い顔で立っている。

「お父さん……」

「大丈夫だ」

と、佐久間は香織の頭をなでて、「それにな、父さんは政治家だ。いつも、こういう危険はついて回る。分ってくれるな」

「いやだ。分んない」

「香織――」

「お母さんも死んじゃったのに、私のこと、一人にして放ってくつもり？　絶対、絶対、死んじゃやだ！」

あんなに気丈な香織の目に涙が浮かんでいる。

「――分った。死ぬもんか」

と、佐久間が娘の肩をしっかりとつかんで、「約束する。お前を置いて行ったりしない」

香織が、父親の肩に頭をもたせかけた。

――これ以上、父と娘の邪魔をしてはいけない。ユリは立ち上って、

「それじゃ、これで」

と、一礼した。「河本君、行くわよ。河本君――」

河本は、またグズグズと泣いているのだった。

「送ろう」

「大臣がそんなこと、なさらないで下さい」

と、ユリは笑って止めた。

「分った。また、仕事を頼むよ」

「毎度ありがとうございます」

と、ユリは真面目くさって言った。

そこへ――バッグの中でブルブルと音がして、

「すみません。電話だわ」

と携帯電話を取り出して、「――もしもし。――あ、涼子。どうしたの？――それで？――それで？」

ユリの声が緊張して、佐久間と香織は顔を見合せた。

「――ええ、もちろん。すぐ行くわ。涼子――。お願いね、お母さんが行くまで」

手が震えていた。

「どうしたんだね」

と、佐久間が訊く。

「入院している主人の容態が急に――。じゃ、失礼します。河本君、あなた一人で〈オフィス・キクチ〉へ帰って。報告書は私が後で出すからって言って」

「はい」

「待ちなさい」

佐久間がSPを呼んで、「パトカーがいるね。この人を病院まで乗せてあげてくれ」

「大臣、そんな――」

「命の恩人だ。それぐらいのことはさせてくれ。――急いで手配してくれ」

「はい」

SPが駆け出して行く。

「では、お言葉に甘えて」

ユリは一礼して、ビルの出口へと急いだのだった……。


「びっくりした」

と、涼子が言った。「お母さん、パトカーから降りて来るんだもん」

「手前で停めて下さいって言ったんだけど、せっかくの好意だし」

と、ユリはつい微笑んでいた。「パトカーで送ってもらうなんて、最初で最後ね、きっと」

――病院の廊下。

病室のあるフロアなら、ざわついていて、普通にしゃべっていられるのだが、ここは手術室のフロアである。

静かで、ほとんど人の行き来のない廊下で、母と娘は小声で話をしていた。

「でも、良かったね、大臣が助けられて。そんな、自分の父親が、目の前で射殺されたりしたら、辛《つら》いものね」

ユリは、パーティでの出来事を、涼子へ話してやったのである。

夫の手術が終るのを、ただ黙ってじっと待つのは重苦しかった。

心筋梗塞《こうそく》。――軽い発作で入院していた夫が、突然重体に陥った。

夫、伊原修一は、まだ四十二。ユリと一つ違いの働き盛りだった。体にも自信を持っていただけに、入院そのものが、ショックだったようだ。

何とか――手術を持ちこたえてくれるといいが……。

「お母さん」

「うん？」

「お父さん……死なないよね」

ユリは、涼子の肩を抱いた。

「大丈夫よ。今は、医学が進んでるんだから」

我ながら説得力のない言い方だとおかしくなった。

それにしても……。今日はとんでもない日だった！

祖国、ポメラニアの「消滅」。電車の前に突き落とされそうになり、一方では佐久間大臣をテロリストから救い、そして夫の手術……。

何か月かの心配ごとが一気に集中した感じである。

そう。——佐久間が殺されかけたのを救った、あのことのおかげで忘れそうになっていた。

本当なら、自分自身も殺されかけたのだから、そっちの方が大事なのだが。——しかし、あれは事故だったのだろうか？

いや、そうではない。今でも、ユリは自分の背中を押した手の感触をはっきり思い出すことができる。あれは事故やはずみではない。

でも——なぜ自分が殺されかけたのか、ユリには分らなかった。

「お母さん。体、気を付けてね」

涼子の言葉に、ユリは、さっきの香織の言ったことを思い出して、胸が一杯になった。

「お母さんは大丈夫！　強いんだから」

「うん、大丈夫だとは思うけど」

「言ったわね」

と、ユリは娘の頭をこづいた。

——手術は長くかかった。

夜になって、ユリは涼子に、

「何か食べてらっしゃい」

と言ったが、涼子は拒んで、

「待ってる。我慢してる。お父さんだって我慢してるんだもの」

と言った。

「そうね。じゃ、二人で待ってよう」

「うん」

しかし、その後、長くは待たなかった。

二十分ほどで、〈手術中〉のランプが消えると、扉が開いて、若い医師が額に汗を浮かべて出て来た。

「伊原……さん？　奥さんですか」

「はい。――主人はどうでしょうか」

「何とか、危ないところは乗り切った、と思います」

医師の言葉に、思わずユリはめまいがしそうになった。

「大丈夫ですか？」

と、医師がびっくりして言った。

「はい。ホッとしたら、急に……」

「緊張してらしたでしょう。途中でご報告すれば良かったですね」

やさしい口調が、ユリを落ちつかせた。

「しばらくは集中治療室で様子を見ます。体力が充分あるので、問題ないと思いますよ」

「ありがとうございました」

ユリは、深々と頭を下げ、涼子もそれにならった。

「――まだ麻酔が効いて眠っておられますから。あと一時間ほどしたら、意識も戻るでしょう」

「会えますか」

「二、三分です。抵抗力が落ちているので、我々と同じ手術着で、マスクをして会っていただくことになります」

「分りました」

「まあ、ともかく……。詰りかけた血管に細いバネのような物を入れて、血管を広げています。当分は心配ないと思います」

医師の汗が、その奮闘ぶりを語っていた。

――医師が戻って行くと、母と娘は、まるでドラマの中のように抱き合った。

「こんな風に抱き合うなんて、初めて」

と涼子が少し照れて、「相手がお母さんじゃなあ」

「中学一年生が、何言ってるのよ」

と、ユリは笑った。「――さ、お父さんが麻酔から覚めるまで時間ありそうだから、ご飯食べて来ようか」

「そうだ！　お腹空《す》いて、死にそう！」

と、涼子は悲鳴を上げた。

「──よく食べたわね」

「苦しいよ、スカート！」

二人は、笑いながら病院へと戻って来た。

近くのファミリーレストランで、それぞれ優に二人分は食べてしまった。

病院はもう面会時間も終るころで、早い夜を迎えている。

「階段で行く？」

「苦しいから、エレベーター！」

「太るわよ」

と、ユリは言って、それでも自分も歩いて階段を上る気がしなかった。

エレベーターのボタンを押すと、ちょうど下りて来るところで、すぐに扉が開いた。

中から、若い女性がパッと飛び出して来て、ユリと涼子はあわてて左右へよけた。危うくぶつかるところだった。

「何、あれ？」

と、涼子は、薄暗い廊下を駆けて行くその女性の後ろ姿を見送った。『失礼しました』も言わないで」

「ハンカチを顔に押し当ててたでしょ。何か、泣きたいことがあって、一人になりたかったのよ」

「そうだった？　私、気が付かなかったけど。──お母さんって、凄《すご》く細かい所をよく見てるのね」

「さ、上に行きましょ」

と、ユリは促した。

確かに、素早く状況や人の特徴を呑《の》み込むコツを、ユリは身につけている。特別訓練したわけじゃないけど、スパイとしての「集中力」が、そういうところで役に立つのだ。

〈集中治療室〉という矢印を頼りに廊下を行くと、見たことのある男が立っていた。

「あら……。河本君？」

ユリはびっくりした。

「あ、どうも。——良かったですね。手術成功して」

河本が、また感動しているようで、目を潤ませている。

「わざわざ来てくれたの？」

「だって、心配で……。菊池さんも、見て来てくれとおっしゃったんで」

「ありがとう、わざわざ」

と、ユリは河本の手を軽く握った。「これが娘の涼子」

河本を紹介すると、涼子は珍しい動物でも眺めるようにして、

「話は母から聞きました」

と言った。

「お恥ずかしい」

と、河本はやや照れて、「ね、伊原さん――」

「ユリさん、でいいわよ」

「あの……ユリさん！　今、エレベーターで上ってくるとき、若い娘とすれ違いませんでしたか？」

「若い女の人なら……。エレベーターから飛び出して、駆けて行ったけど。あの人のことね」

「間違いないと思います」

「あの人がどうしたの？」

「お知り合いですか？」

「いいえ、違うと思うわ」

と、ユリはふしぎそうに、「どうして？」

「今、僕はここでユリさんを待っていたんですが、そこへ今の女性がやって来て、『伊原修一さんという患者さんは』って、看護師さんに訊《き》くんです」

「それで？」

「看護師さんが、手術が無事にすんで、今はここにいると答えると、その女の人、泣き出してしまって……」

「泣き出した？」

ユリは、あの女性がハンカチを顔に当てていたのを思い出した。

「『ありがとうございました』って、何回もくり返し言って、急いでエレベーターに……。そしたら、すぐお二人が上って来たんです」

「お母さん。さっきの人だね」

と、涼子が言った。

「そうらしいわね」

「誰なのかな?」

「さあ……」

涼子も中学一年生だ。考えていることを口にはしない知恵も持っている。

ユリは、夫が一命を取り止めた喜びに水をさされたようで、その場に立ちすくんでいた……。

5　極秘事項

「悪いわね」

と、ユリは言った。

「仕事です」

河本は、車のエンジンをかけた。「菊池さんの許可を得て借りたレンタカーですから」

「そうね。あなた、一文無しじゃ車も借りられないものね」

「給料、前借りさせてもらいました」

「まあ」

と、ユリは笑った。

車が通りへ出る。

「お宅への道、指示して下さい」

「この通りをN公園の四つ角まで行って、左折」

「分りました」

河本は車を走らせながら、「お疲れでしょう。眠っててもいいですよ」

「言われなくとも、涼子は寝ちゃったわ」

緊張と安堵《あんど》。——満腹にもなって、十三歳の涼子が眠くならなければおかしい。

後部座席で、涼子は母親にもたれてぐっすりと寝入っていた。

ユリは、しかし眠くなかった……。

——麻酔から覚めた伊原修一は、思いの外いつもの通りで、

「ベッドが硬くて、寝心地が悪い」

と、文句を言った。

「苦情言ってるくらいだから、大丈夫ね」

「俺は……具合悪かったのか」

「危ないところだったのよ。手術が何時間もかかって」

ユリの言葉に、夫、修一は、

「俺、手術したのか?」

と、びっくりした様子だった。

そして——ほんの二、三分しかそばにいられなかったのだが、ユリは、

「また明日《あした》来るね」

とだけ言って、出て来た。

夫が助かったと聞いて、泣いて帰った女のことは、むろん黙っていたのである……。

——ピピピ、という音で、ユリはふと我に返った。

バッグの中の携帯電話が鳴っていた。涼子が目を覚まさないように、急いで取り出す。

「――もしもし。――もしもし？」

「ユリか」

「あ……。どうも」

大使の――いや、元、ポメラニア共和国大使の、アルブレヒトだった。

「さっきからかけてたんだよ」

「すみません。病院の中だったので、電源を切っていました」

ユリが夫のことを説明すると、

「それは大変だったな。よりによって、こんな時に」

「ええ。でも、何とか考えてやって行きますから」

と、ユリは言って、「何かご用だったんでしょうか？」

「うん」

と、アルブレヒトは言った。「今、大丈夫か？」

「はい」

「君にぜひ渡したいものがある」

「分りました」

むだなことは話さないという習慣ができている。「ぜひ渡したいもの」が何なのか、今聞かされても仕方ない。

「早い方がいい。明朝、出て来られるか」

「はい」

「七時に、C地点」

「はい」

「それじゃ」

向うも、余分なことは言わない。——もう大使でないとはいっても、長年のくせは抜けないのだ。

電話を切って、ユリは息をついた。

七時か。——時間通りに起きることは難しくない。ただ……涼子がちゃんと起きて学校へ行ってくれるだろうか。

「——お仕事の話ですか」

と、河本が言って、ユリはふと我に返った。

「まあね、色々やらないと食べていけないし」

「大変ですね。何かお役に立つことがあったら、言って下さい」

ユリはつい微笑んでいた。

「もう、充分役に立ってくれてるわ」

——アルブレヒトの声を聞いて、改めて祖国のことを思った。

今日一日では、まだ事態を受けいれることができずにいる。しかし、佐久間大臣を救ったことや、夫の手術のショックで、却《かえ》って初めのショックは薄れつつあった。

とはいえ――夜になって、この一日が夢でも何でもなかったのだということに気付くと、胸にポッカリと空洞ができたようだ。

ユリは、ポメラニア人の母と、日本人の父の間に生まれた。父に似て、外見はすっかり日本人だが、ポメラニアで育ったので、ユリにとってはその「名もない」小国こそ故郷であり、祖国だった。

ユリという名も、ポメラニアでは「ユーリ」と伸ばして呼ばれていた。それを、日本へ来たとき、日本風に「ユリ」と短くしたのである。

――あの国が、なくなってしまった。

人が死んだというのとは違って、涙は出なかったが、ユリの胸の内では、熱い涙が血のように流れていた……。


「――お父さん」

佐久間は振り返って、

「まだ起きてたのか」

と言った。

香織が、まだパジャマに着替えていなかったからだ。

「何だか……今になって、怖くて」

と、香織は笑顔を無理に作って言った。

「心臓がドキドキして、眠れそうもないから……」

「香織」

佐久間は、娘へと歩み寄って抱いた。

「もう、やめてよ、大臣なんて。他の人にやらせて。そしたら、その人が狙われるだけでしょ」

「香織……」

「他の人なんか、いくら殺されたっていいもん！　お父さんさえ無事なら。ね、大臣も政治家もやめて。どこかその辺の小さな会社のサラリーマンになって。でなきゃ、私が働いて食べさせてあげるから、お父さん、うちのことやって」

香織が一息にそれだけ言うと、「――言いたいこと、言った」

「ありがとう。嬉《うれ》しいよ。だけどな――」

「分ってる」

と、香織は父から少し離れて、「言ってみたかったの。むだだって、分ってるけどね。中にため込んでると、どうかなりそうで」

「何でも言え。聞いてやる」

と、佐久間は言って娘の髪をそっとなでた。

「お父さん」

「何だ」

「今、私のこと抱いて、胸がふくらんでるの、分った？」

「父親をからかうな」

と、佐久間は苦笑いした。

香織は笑って、居間のソファへ寝転がると、

「今日の、あの人……」

「うん？」

「伊原さんって……。お母さんみたいだったね」

佐久間は、ちょっと言葉を捜していたが、

「まあ……少し似た感じかな。だけど、あの対処の仕方は凄《すご》い。合気道か何かやってるのかな」

「じゃ、お父さん、ケンカしてもかなわないね」

「どうして俺があの人とケンカするんだ？　あの人には、ちゃんと夫がいる」

「分ってるよ」

香織は天井を見上げて、「中学一年の女の子がいるんだって。会ってみたいな」

チャイムが鳴って、佐久間が出ると、

「有田《ありた》です」

と、堅い口調。「夜分、申しわけありません。お邪魔してよろしいでしょうか」

「ああ、どうぞ」

佐久間は香織へ、「有田君だ。お前、もう寝た方がいいんじゃないか?」

「お風呂《ふろ》に入る。シャワーは浴びたけど、やっぱり湯船に入らないと」

と、立ち上る。

「有田君としゃべってるところへ、裸で出てくるなよ」

「残念でした。タダじゃ見せないよ」

チラッと舌を出して見せ、香織は居間を出て行った。

——有田は、玄関で、

「今日は申しわけありませんでした」

と、頭を下げた。

「何言ってるんだ。上れよ」

「はい……」

ずんぐりとした体つき、厚い胸板など、どう見ても「SP」そのもののような有田は、佐久間の身辺警備の責任者である。

三十代の半ばだが、四十過ぎに見える。

「今日は本当に——」

居間のソファに座ると、またそう言いかけるので、

「もういいよ」

と、佐久間は遮った。「——ああ、有田君にお茶」

「はい」

と、顔を出したのは、ここのお手伝い、田原法子《たはらのりこ》である。「お持ちしました」

ともかく手早い子なのだ。その点は申し分ないのだが、このお茶に見られるように、目を丸くするほど、苦かったりして、ややていねいさに欠ける所がある。

しかし、二十四という若さにしては、うわついた所がなく、しっかり者だ。佐久間は気に入っていた。

「もう、帰っていいよ。後は大丈夫だ」

「はい。では失礼します」

田原法子は、このマンションから五分ほどのアパートに住んでいる。

「——いい子ですね」

と、有田がお茶を一口飲んで、「お茶が苦いのが玉にきずですが」

「いつものことだよ」

と、佐久間は笑った。「——で、あの男のことは何か分ったかい？」

有田の表情が厳しくなった。

「実は——犯人が自殺してしまったのです」

「何だって？」

佐久間も愕然《がくぜん》として、「それは……。まあ、すんでしまったことだが……」

「いえ、こちらの手落ちで、申しわけありません」

「身許《みもと》など、分ったのかね」

「それが、ひと言も話さないまま、死んでしまったのです」

と、有田は言った。「充分に身体検査はしたはずですが、どこかに毒物を隠し持っていたようで」

「毒……。それはまた……」

と、佐久間も難しい表情になる。

「プロの暗殺者らしいと思えます。しかも、どうやってパーティ会場まで入ったのか、それさえ分っていません」

「君が心配しているのは、僕の身近に、誰か手引きをした者がいるということか」

「いえ、むしろ……」

と、有田はやや口ごもり、「私どもの中に、いるかもしれません」

佐久間は、少し考えていたが、やがて穏やかに言った。

「君の心配はよく分る。ありがとう。しかし、君と部下たちは、いつも命がけで任務についていてくれる。はっきりした根拠もなしに、仲間を疑うようなことをしてはいけないよ」

「大臣……」

「『大臣』はやめてくれ。僕はそんな名じゃない」

と、佐久間は笑って、「多少の危険は覚悟の上さ。娘には叱られそうだが」

有田は頭《こうべ》を垂れて、

「必ず、お守りします」

と言った。

「僕よりも、香織のことをしばらく警護してくれないかな。しっかりしてはいるが、十七だし」

「はい、すぐに持ち帰りまして検討いたします」

「忙しいだろうから、無理にとは言わない。もちろん、誰かつけてくれる場合も、登下校時だけで充分だ」

と、佐久間は言って、「しかし、そんなに恨まれてるのかね」

と、苦笑する。

「分りません。しかし、佐久間さんは、今までの建設大臣と違い、企業と距離を置いておられます。そこが困ったところだと考えている向きも、なきにしもあらず、です」

「もう、そういう時代ではないよ。たとえ僕を殺しても、時の流れは戻せない」

と、佐久間は言った。

「同感です。——しかし、我々の任務は、佐久間さんをお守りすることですから」

「うん。僕も死にたいわけではない。むしろ、うんと長生きして、やれるだけのことはやって死にたい」

佐久間は、少しの間、遠い先を見ているような目つきになったが、やがて、「もう帰りたまえ。明日《あした》も早いんだろう」

「はい。それではこれで。お邪魔しまして」

玄関へ出て、有田はもう一度頭を下げると、

「当直の者には、充分警戒するよう言っておきます」

閣僚の自宅前には、仮のポリスボックスができて、常時警官が守っているのだ。

「ご苦労だなあ。これから寒くなるし、ロビーに入っていればいいのに」

「ご心配なく。寒さに強い者を回しております」

と、有田はやっと笑顔になった。「お嬢様の件、明日中にご連絡いたします」

「よろしく頼む」

と言って、「――ああ、有田君」

「はあ」

「今日、僕のことを助けてくれた女性のことだが……」

「人材派遣の会社に属しているようですね。今、当らせています。あの身のこなしは、ただの通訳じゃない、と見た者が言っていましたので」

「そうか……。しかし、命の恩人だ。失礼にならないようにしてくれよ」

「かしこまりました」

有田が帰って行くと、佐久間はていねいにチェーンもかけ、二重のロックをして、居

間へ戻った。

——伊原ユリ。

その名前は、佐久間の頭に消しがたく焼きついていた。

「お父さん、お風呂、どうぞ！」

香織の元気な声が飛んで来て、佐久間は「父親」に戻ると、

「分った」

と、返事をした。

6　C地点

冷たい雨の中に、自分の吐く息が白く渦を巻いて流れて行った。

明け方から降り出した雨は、七時ごろには本降りになって、早めに出勤して行く人々の足どりをいやが上にも速めさせた。

十一月にもなっていないというのに、冬のように底冷えのする日である。

ユリは、七時五分前に〈C地点〉に着いていた。——あまり眠っていなかったので、出かけるまでは少しボーッとしていたが、この冷たい外気がいっぺんに目を覚ましてくれた。

涼子は、ユリの心配をよそにちゃんと起き出して来た。子供は、疲れていればそれだけ深い眠りを取って、素早く立ち直るものなのだ。

ユリの方が先に出なければならなかったが、涼子はもう出かける仕度をしていて、二度寝するという心配はなかった。

——〈C地点〉までは、ユリの家から三十分ほどである。

人目につかない寂しい場所、というわけではない。今の東京やその近辺で、人目のない場所など見付けるのは大変なことだ。

むしろ人が一杯いて、その中に紛れて出会う機会がある場所の方を、選んでいた。

〈C地点〉は、大きな団地を抱えた、ベッドタウンの一画である。ユリたちの住んでいる団地より遥《はる》かに大きな団地で、都心まで一時間十五分くらい。

七時という時刻に家を出て来るのは、さらに遠くまで出勤して行く勤め人と、ラッシュアワーのピークを嫌って早めに出勤する人たちである。

――幸い、遅れずにすんだ。

ユリは駅前のロータリーから少し離れて立った。アルブレヒトはまだ来ていないようだ。

誰も必要以上に早く出勤していきたくはない。駅へとせかせかと歩いて入って行く人々は、人待ち顔に道の隅で立っている女のことなど、目にもとめなかった。

七時を五分過ぎても、アルブレヒトは現われない。――時間にはうるさかったアルブレヒトらしくないことである。

とはいえ、大使の職を失った彼にとっては、色々慣れない事態が降りかかっているはずだ。

アルブレヒトは独身である。結婚していたことがあり、子供もいるが、日本に二十年もいて、すっかりなじんでしまった夫と違って、妻は数年で別れて帰国してしまった。

以来、独身。

これからどうするつもりなのか。帰国するにも、「国」がないのだから、日本にいて、何か仕事を捜すしかあるまい。

一度、アルブレヒトとゆっくり話したいと思った。――ユリはスパイという立場上、ポメラニア大使と、大っぴらに親しくするわけにいかなかったのだ。

しかし、今なら……。もう、人目をあまり気にしなくてもいいだろう。

車が一台、ロータリーへ入って来た。

見憶《みおぼ》えのあるアルブレヒトの車だ。

向うも、ユリに気付いたらしい。――しかし、ユリのそばへつけると、歩道側だから次々に入ってくる車の邪魔になる。

アルブレヒトの車は、ロータリーの中央の緑地帯の側へ寄せて停った。

ドアが開いて、厚手のハーフコートをはおったアルブレヒトが降りて来る。ユリの方へ笑顔を見せ、小さく手を上げた。

ユリが行こうとすると、手ぶりで止め、やって来る車を確かめて、こっちへ渡って来ようとする。

ロータリーへ入って来る車があった。

朝の通勤時には、奥さんが運転してご主人を送ってくることが多い。そのために車の免許を取って、「自宅と駅」の間だけしか走ったことがないという主婦を、ユリも何人か知っている。

よくある白いワゴン車がゆっくりとロータリーへ入って来る。アルブレヒトがこっちへ渡ってくる余裕は充分にあった。

それでも足どりを速めて、アルブレヒトが道を渡って来た。

その——ほんの一、二秒の間に、突然白い乗用車が猛然と加速した。そして歩道へ上ろうとするアルブレヒトへと突っ込んで来たのだ。

声を上げる間もなかった。

ガン、と殴るような音がしたと思うとアルブレヒトの体は車のボンネットの上にはね上げられ、そのまま向う側へ転がり落ちた。車が急ブレーキをかけて停る。

一瞬、何が起ったのか分らなかった。

ユリが、

「大使!」

と、思わず叫んで動こうとすると、目の前をふさぐように停った車の窓が下りて、銃口がユリに狙いを定めていた。

「動くな」

と、低い男の声がした。「じっとしていれば殺さない」

ユリも、動けなかった。車の向う側のドアが開く音がして、誰かが降りる。

少なくとも二人は降りたはずだ。アルブレヒトの体をアッという間に運び込んでしまうと、車は再び唸《うな》りを上げて走り出した。

ロータリーを、タイヤをきしませながら回ると、車はそのまま走り去った。

「――アルブレヒト……」

ユリは、やっと息をついた。

すべては何秒間かの出来事だった。――道には、アルブレヒトがいた何の跡も残っていない。

ユリは左右へ目をやった。

道行く人は、誰もユリを見ようとしない。今の出来事を見た人はいないのだろうか？ いや、もし見たとしても、いちいち警察へ行こうとは思わないだろう。みんな忙しいのだ……。

アルブレヒト……。生きているだろうか？

まともにはね飛ばされた、あの様子では、かなりひどいけがをしているはずだ。

――あれは、明らかにアルブレヒトを狙ってはね、連れ去ったのだ。ということは……。

今日、何かユリに渡すものがあると言っていた。それを手に入れようとする人間がいたのだろうか？

しかし、そんな、人を殺してまで手に入れようとする重要な物が、アルブレヒトの手にあったとは……。

――ユリは、たった今見たものが、幻想でも何でもない、「現実」だということを、自分に納得させるのに、しばらくかかった。

十五年。——十五年も、ユリは「スパイ」をしてきた。そこには違法な活動もあり、充分な用心もしていた。

しかし、まるで映画か小説の中に出てくるような事件が、我が身にふりかかって来たことは一度もない。その点は、大使のアルブレヒトも同様だったはずだ。

それなのに……。なぜ、国が消滅してしまった今になって、こんなことが起るのか？

そして、我に返ったユリは、アルブレヒトの車が、ロータリーの中に停めたままになっているのを見た。

そうだ。あれは今の出来事が夢でも何でもなかったという証《あかし》である。

ユリは車がやって来るのに用心しながら、車道を小走りに渡って、アルブレヒトが乗って来た小型車まで駆け寄った。

経費になる、ということ——それはつまり、豊かとはとても言えない祖国の、貴重な税金を使うことだ、と言ってアルブレヒトは日本の低燃費の小型車を公用車にしていた。いかにも彼らしいことだ。

当然、ドアはロックされているだろうが……。ほとんど無意識に、ユリはドアに手をかけた。ドアは開いた！　キーも差し込んだままになっている。

アルブレヒトは、何か「大事な物」をユリに渡して、すぐに立ち去る気でいたことが分る。

クラクションが鳴って、他の車がロータリーへ入って来ようとしている。

ちょっとためらったが、ユリはすぐに運転席につくと、エンジンをかけ、車を出した。

アルブレヒトが何をユリに渡そうとしていたのか、その手がかりでも、見付かるかもしれない、と思った。

ともかく、今はこの車で自分の家まで戻ろう。どこか、近くの有料駐車場へ入れておけばいい。

時間はまだ早い。今日も、手術したばかりの夫を見舞わなければならないし、もちろん仕事もある。映画の中の優雅なスパイと違って、日々、食べて行かなければならないのだ。

車を走らせながら、やっと少し気持が落ちついて来た。しかし、アルブレヒトの安否は気にかかる。

「──右の道が近いかな」

車線を移って、右折の車線に入り、赤信号で停った。車の中が冷え切っていることに気付き、ヒーターを入れる。

やはり、気が動転して、寒さもあまり感じなくなっていたのだろう。

「落ちついて」

と、くり返し、自分へ言い聞かせる。

あれこれ想像していても仕方ない。ともかく、何が起ったのか、把握することだ。

でも、どうやって？――ユリは公式にはポメラニア共和国と何の関係もない。これまでも、ポメラニアとのつながりは、アルブレヒト大使だけを通じてのものだった。

自分一人で何ができるだろう？

ユリは、じっと信号が変るのを待っていた。

そして――ふと、左側の車線へ目をやった。

直進の車線に入った車が、ユリの運転する車と並んで停った。白い乗用車。

まさか……。

だが、その車の窓がゆっくりと下りて、半分ほど下りた所で止った。

誰かがこっちを見ている。

やはりあの車だ。アルブレヒトをはね、運び込んだ車。

その車が、ユリの車の真横へ来ている。――狙われるのか。しかし、窓はそれより下りはしなかった。

ユリは、その車の窓越しに、誰かの視線を感じた。偶然並んだのではない。きっと、跡を尾《つ》けて来て、わざと横に並んだのだ。

でも、なぜ？　ユリには分らなかった。

クラクションの音でハッと我に返る。

直進の矢印が出ていて、隣の車の後続車がクラクションでせっついたのである。

車の窓が上り、そのまますぐに車は走り去った。

ユリは大きく息をついた。

アルブレヒトの身は心配だが、この車で後を追っても、向うは銃を持っており、ユリには何の武器もない。追うことは諦《あきら》め、ユリは右折の矢印が出るのを待っていた。

汗が一滴、こめかみを伝い落ちて行った……。

7　警告

〈オフィス・キクチ〉へ入って行くと、菊池依子が顔を上げてユリを見た。

「ああ、おはよう」

「遅くなって、ごめんなさい」

と、ユリは言った。

「来てくれて助かったわ」

と、菊池依子はメガネをかけて、「お昼から、K出版へ行ってくれない？」

「あの、お茶《ちゃ》の水《みず》の？　移ったっけ」

「今、神田《かんだ》。大して違わないわ。これ、連絡先」

と、メモをくれる。「その人に会って。急ぎの翻訳ですって」

「ドイツ語？」

「かなり、なまってるらしいの。大学の先生じゃお手上げだって言うから、じゃ、ユリさんならぴったりだと思ってね」

と、依子は言った。「それに、家へ持って帰ってやれるでしょ」

夫が手術したことを聞いて、気をつかってくれているのだ。ユリは、依子のさりげない気のつかい方を、ありがたいと思った。

しかし、あえて礼は言わない。お互い、大人である。仕事をすることでつながっているのだ。

「じゃ、遅れないように、もう出かけるわ」

と、ユリが言うと、

「あの男の子はどう？」

「――河本君？　そうね……。私は大分助けてもらったけど……。仕事がやれるか、ってことになると、ノーね」

「でも、一生懸命よ」

と、依子は笑って、「笑っちゃうくらいね。私、そういうのって、嫌いじゃないの」

「使ってやってくれたら、嬉《うれ》しいわ」

「もう待ってるわよ、駅前の喫茶店で」

「じゃ、急がなきゃ。空《す》きっ腹を抱えて倒れてるかもしれないわ」

と、ユリはバッグを肩にかけ直して、出かけようとした。

「ね、ユリさん。――昨日の佐久間大臣のことでね、警察から問い合せがあったわ」

依子の言葉に、ユリは振り返った。

「私のことで？」

「たぶん、公安ね。あなたの身許《みもと》について、あれこれ訊《き》いて来た。——失礼よね。まず礼を言いに来るべきでしょうに」

「それが仕事なのよ」

と、ユリは言った。「何でも、知ってることは答えてね。私、一向に平気」

「たとえ、あんたがマフィアの殺し屋でも、うちの貴重な稼ぎ手よ」

と、依子は大真面目な顔で言った。

「ありがとう」

と、ユリは微笑んだ。

「ご主人、どう？」

初めて、依子が訊く。

「当分入院。——稼がなくっちゃ！」

ユリは明るく言って、〈オフィス・キクチ〉を出たのだった。


「——それじゃ、どうかよろしく」

向うが頭を下げてくれるのは珍しいことだ。

「中身を拝見した上で、何日で仕上げられるか、明日《あした》、ご連絡します」

と、ユリは言って、分厚いタイプ原稿を大判の封筒に入れ、自分のショルダーバッグへしまった。

「いや、助かりましたよ。どうしようかと途方にくれてたんです」

K出版の男性編集者は、本当にホッとしている様子だった。

「あまり買いかぶらないで下さい」

と、ユリは微笑んだ。

K出版の応接室を、ユリは同行した河本と二人で出た。

「――いい気分だ」

と、河本はご満悦の風。

「何が？」

地下鉄への連絡通路へと階段を下りながら、ユリが訊く。

「僕まで丁重に扱われて。――いえ、もちろん、ユリさんが有能な方だからですが」

「誰だって、生れ育った土地の言葉はいやでも憶《おぼ》えるでしょ。私だってそうよ」

「じゃ、ドイツの生れなんですか」

「その辺ね。――少し田舎だったの。それでこの原稿みたいな文章が分るのよ」

「でも、大したもんだなあ。僕なんか、日本語だって怪しい」

河本はどうやら本気で言っているらしい。

地下鉄のホームへ下りて行くと、昨日の出来事を思い出して、つい左右を見回してしまう。

「――河本君」

「はい。僕は何をすればいいんでしょう？」

「お願いがあるの」

「はい！　クビだ、とだけは言わないで下さいね」

先回りして言うところが憎めない。

「そんなこと言わないわよ」

と、ユリは笑って、「もし――私が……。いえ、誰かが私のことを狙ってくるかもしれないの。用心してね」

「狙うって……。ユリさんを、ですか」

「昨日、佐久間大臣を襲おうとした男がいたでしょ？　私が邪魔をして失敗したんで、私に仕返ししようとするかもしれないの」

「だって――あの男は捕まったでしょ」

「ええ。でも、ああいう行動には必ず背景があって、仲間もいるわけですものね。用心してくれと警察から言われてるのよ」

「ひどい話だな！」

と、河本は憤然として、「任せて下さい！　僕が命にかえても、ユリさんを守ります」

「あらあら。そんなに私に恩はないでしょう？」

「昨日、空腹で死にそうなところを、救っていただきました。その恩義があります！」

「昔の股旅《またたび》物みたいね。一宿一飯の義理？」

「『一飯』はともかく、『一宿』してはいませんけど……」

「ともかくね、そういうことなの」

と、ユリは言った。

むろん、でたらめだが、こういう説明をするしかないだろうと思ったのである。

「気を付けてね。私のこと、守ってくれと言ってるんじゃないのよ。巻き添えで、ひどい目に遭うようなことがないようにしてほしいの」

ユリの言葉に、河本は面食らったようで、

「そんなこと……。どうしてそんなに強くなれるんですか」

と言った。

「強くなんかないわ。ただ、『自分のことは自分でする』っていう生き方でやってきたの。そうでないと、仕事を続けられなかったからよ」

「でも、ユリさん――だめですよ。涼子さんがいるのに。僕を盾にしてでも、生きのびなくちゃ！」

河本の、思いがけない強い言葉に、ユリは胸を打たれた。

「ありがとう」

とだけ言って、後の話は、ホームへ入って来る電車の音に呑《の》み込まれてしまった。

「――お待たせして」

と、応接室へ入って来たのは、見るからに胃を悪くしていそうな、やせた男性で、

「どうも申しわけない。どうしても会議を抜けられなかったもので」

「いえ、とんでもない」

と、ユリは言った。「主人がすっかりご迷惑をおかけしてしまって」

伊原修一の勤務先、A商事に、ユリはやって来ていた。

昨日の手術で、修一の入院はかなり長引くことになる。ユリとしては、夫の勤め先にそれを報告しなければ、と思ったのである。

「で、伊原君の具合はどうですか」

やせた、この疲れ切った〈中間管理職〉は、修一の直接の上司、課長の野沢《のざわ》である。

「はあ、それが――」

「暮れの忙しい時期に、伊原君がいてくれると助かるんですがね。外出が難しいようなら、ずっと席にいてもらってもいい。ともかく電話だけでも出られれば、かなりの仕事がこなせますからね」

「申しわけありません。実は昨夜緊急手術を……」

「手術？」

「はい。心筋梗塞《こうそく》の発作で、一時、危なかったのです。手術で何とか切り抜けましたが。そんな具合なので、年内はとても……」

「――そうですか」

野沢はがっくりと肩を落とした。

ユリは、妙な言い方だが、夫がこんなに重要な存在だったのかとびっくりした。

「いや、それはご心配で……。ただ、私どもとしてもね、今はご承知の通り、景気が悪くて、商社も大変です。そうか……。困ったな……」

最後の方はひとり言。野沢は腕を組んで何やらじっと考え込んでいたが、

「――あ、これはお茶も出さずに」

と急に言い出した。

「いえ、どうぞお構いなく」

と言ったのだが、野沢は、

「いや、ちょっと待って下さい」

と、立ち上ると、「今すぐお茶をいれさせます。――おい、誰か」

「あの……」

ユリは、野沢が出て行ってしまったので、どうしたらいいのか当惑して、ため息をついた。

夫、伊原修一が勤めるこのA商事は、中規模の、社員数、百人ほどの企業である。

ユリは、結婚前からもちろんずっと仕事を持っていたので、夫の勤め先を訪れたのは今度の入院について、話に来たのが最初だった。今日で確か三回目。

あの野沢という課長も、ユリの気のせいかもしれないが、会う度にやつれていくよう

に見える。大変な仕事なのだろう。
五、六分待っていると、ドアをノックする音がして、
「失礼します」

と、女性社員がお茶を運んで来てくれた。

「恐れ入ります」

と、ユリは言って――。

「どうぞ」

お茶を出す手が震えている。

もしや、と思わないではなかったが、まさか本当に――。

その、お茶をいれて来てくれた女性は、間違いなく、ゆうべ病院に夫を見舞って、泣きながら飛び出して行った女性だったのである。

「ありがとうございます」

ユリは、もちろん表情一つ変えず、お茶を一口飲んだ。

「あの……」

その女性はお盆を手に、動かずにいたが、「伊原さんには色々お世話になっている、樋口《ひぐち》と申します」

「樋口さん？」

「樋口素子《もとこ》と申します。――伊原さん、手術なさったと今、野沢課長から聞きましたが、

その後はどうですか？」

——樋口素子。たぶん、二十四、五歳だろう。どこか寂しげな雰囲気を漂わせている。

「ありがとう。何とか切り抜けて、でもまだ集中治療室に一週間ぐらいはいることになりそうです」

「そうですか……。早く良くなって下さると嬉《うれ》しいです」

と、ユリは言った。

「ありがとう、伝えますわ」

「では……」

と、出て行きかけた樋口素子は、ドアを開けようとした手を止めた。

そして振り向くと、

「奥様——」

と、切羽詰った表情で口を開く。

が、そのときドアの外にサンダルの音が聞こえた。野沢課長が戻って来たらしい。

樋口素子は、一瞬迷った様子だったが、ひと言、

「アテンゾ！」

と言うと、ドアを開けた。

「や、お茶、差し上げてくれたか」

と、野沢が顔を出す。

「はい」

「ご苦労さん」

野沢は、さっきの困惑した様子から、大分ホッとした表情になっていて、「――中座して失礼しました」

「いえ……」

ユリは、やっと自分を取り戻した。

「今、上の者とも話しました。もちろん、我々としては伊原君に一日でも早く戻って来てほしいのですが、今、焦って復帰してもらっても、却《かえ》って病気を悪くすることになりかねない。むしろ、ゆっくり静養して完全に体を治して下さい」

「そうおっしゃっていただくと……。主人にそう伝えます」

と、ユリは頭を下げた。

「いや、当然のことです。伊原君が体を悪くしたのも、仕事が忙し過ぎたせいでしょうからね」

カチリ、とかすかな音。

ユリは、応接室のドアが閉る音だと気付いていた。――ということは、部屋を出たはずの樋口素子が、ドアを細く開けたまま、中での話に聞き耳を立てていたのだろう。

なぜ？

「それでは、どうかお大事に」

野沢はすっかり落ちつきを取り戻している。その変り様も、ユリにはふしぎだった。

まあ、課長クラスの人間は、責任ばかり負わされて、権限はろくに与えられていないことが多いから、上司と相談してこういうことになったのかもしれないが、それにしても……。

ユリは野沢がホッとしているのを見て、「伊原のことで」安堵《あんど》しているというより、「野沢自身のことで」胸をなで下ろしているという印象を受けたのだった。――それもユリの直感に過ぎないと言ってしまえば、それまでだが。

「そうそう。伊原君の今月分の給料を受け取って帰って下さい。今、経理の者をご紹介します」

「ありがとうございます」

正直、ホッとした。休職扱いでも当然給与の何割かは支払われる。しかし、妻の立場で催促するのもためらわれた。

野沢の方から言い出してくれて助かったのである。

ユリは応接室を出て、野沢の案内で社内の経理の人と会い、領収印を押して、給料を受け取った。

「どうぞお大事に」

と、経理の担当者にも言われて、礼を言ってからA商事のオフィスを出ようとしたユリは、机に向って仕事をしている樋口素子を見かけて、足を止めた。

「——お茶をどうも」

と、ユリが言うと、

「いいえ、お大事に」

「ありがとう」

樋口素子は仕事に戻って、ユリの方を見ようとはしなかった。

ユリはA商事を後にした。

あれは何だったのか？　聞き間違いではない。確かに、樋口素子は言ったのだ。

アテンゾ、と。

それは、ポメラニア語で、「気を付けて！」という意味だった。

だが、なぜ樋口素子がポメラニア語を知っているのだろう？

ビルを出て、ユリはふと足を止めた。

——これだけでは終らない。

そんな予感が、薄暗く曇った空のせいばかりでないことは、ユリにも分っていたのである……。

8　サングラス

「一人で帰らないようにね」

母、ユリからそう言われてはいたが、成り行きというものがある。特に涼子は中学一年。クラブの用を先輩から言いつけられたらいやとは言えない。

それでも、暗くなるのが早いこの季節、何とか明るい内に学校を出たのは、涼子としては頑張ってのことだったのである。

——大丈夫。

心配するほどのことはない。中学校から家まで、そう遠くはなかった。それに、学校の周囲を除けば、人通りの少ない道はほんの少しである。

——十一月の文化の日が過ぎると、学校は少しあわただしさを増す。

文化祭が、十一月の中旬にある。普通、三日の祝日前後にあるのだが、なぜだか涼子の通う中学校では、今年は十四、十五の土、日。

それもあって、クラブ活動が忙しくなってくる時期なのだ。

でも……。お母さん、何を心配してるんだろう、と涼子は思った。

もちろん、お父さんは手術までして入院している。家の収入が減っているのも分るし、その分、お母さんはますます忙しく働いている。

夜中に、翻訳の仕事をしたりすると、翌朝はとても眠そうにしている。涼子は、

「無理して起きなくてもいいよ。一人で行くから」

と言うのだが、

「後でまた寝るから」

と、ユリは聞こうとしない。

でも、きっと眠ってなんかいないだろう。涼子は分っていた。

それ以外にも——涼子の直感のようなものだが——母を不安にさせているものがあるらしい。それが何なのか、涼子には見当つかなかったのだが……。

——涼子は、ホッとした。

学校のわきを回って行く、一番寂しい道を抜けたのである。この先は車が一杯通る広い道で、お店も沢山ある。

横断歩道の信号が赤になっていて、涼子は重い学生鞄《かばん》を左手に持ちかえた。

黒っぽいコートをはおった男が、涼子と並んで立つ。同時に、大きな外車が一台、走って来ると、涼子のすぐそばへ寄せて停った。

まだ信号は青なのに——。

「車に乗れ」

突然、隣に立った男が言った。

「えっ？」

「言う通りにしろ。危害は加えない」

腕をつかまれ、凄《すご》い力で車の方へ引きずって行かれた。

大声を出したかったが、喉《のど》がこわばって声が出ない。踏んばろうとしても、男の力の方が強くて、ザーッと靴の底が音をたてた。

ドアが中から開くと、

「乗れ」

涼子は車へ押し込まれた。

「手荒にするな」

と、ゆっくりした口調で誰かが言った。

「怯《おび》えてるじゃないか」

車の中は広くて、後部席が向い合って一つの部屋のようになっている。

「座れ」

涼子は無言で奥の座席に腰をずらした。黒いコートの男は続いて乗ってくるとドアを閉めてロックし、涼子の隣に座った。

「怖がることはない」

と言ったのは、向いの席に座った、白っぽいコートの男で、もう大分年輩のような感じである。

車が動き出した。

「――どこに行くの？」

涼子の第一声だった。

「心配しないで。車で学校の周囲を一回りする。その間、少し話したいだけだ」

その年輩らしい男は――らしいというのは、帽子をかぶり、サングラスまでかけていたので、どんな顔か分らなかったのだ――穏やかに言った。

「妙な真似するなよ」

と、隣の黒いコートの男。

涼子は、この車から逃げ出すのは大変だろうと思った。――でも、本当に「話をする」だけなのだろうか？

「伊原涼子君、だね」

「私のこと……」

「もちろん、君を待ってたんだ」

と、サングラスの男は言った。「今、何年生かね」

「中……一です」

「すると、十三歳？――そうか」

と肯《うなず》いて、「ご両親は？」

「父は……入院してます」

「ほう。では勤めは？」

「今、休んでいます」

「お母さんは？」

「仕事を……通訳とか、翻訳の仕事をしてます」

「君は一人っ子か」

「——ええ」

この人、何だろう？　住民調査をしているわけじゃあるまい。

「そうか……じゃ、今は大変だな。家の手伝いもするのか」

「少し……。クラブ活動が忙しいんです。それに、忙しくてもお母さんは毎朝、ちゃんと朝ご飯作って、送り出してくれます」

「なるほど……」

何を考えているのか、サングラスの奥の目がじっとこっちを見ている、と涼子は感じていた。

「——誰なんですか、あなたは？」

少し大胆になって訊《き》くと、黒いコートの男が涼子の脇腹をつついた。

「余計なことを訊くな」

「まあいい。当然の気持さ」

とたしなめて、「びっくりさせて悪かった。もう失礼するよ」

車がスピードを落とした。

いつの間にか、車に乗せられた横断歩道の所へ戻っていた。

車が停り、隣の男が先に降りて、

「降りろ」

と言った。

向いの席の年輩の男が、

「付合ってくれてありがとう」

と肯いて言った。「今日のことは、お母さんに黙ってるんだよ」

「どうして？」

と、涼子が訊くと、

「黙ってりゃいいんだ」

と、車の外へ引っ張り出される。

そして、その男は車の中へ戻ろうとして、

「しゃべれば、お前のお袋の命がないぞ」

と言った。

ドアが閉り、大きな車体が消えるように走り去って行くのを見送って……。涼子は今になって膝《ひざ》が震えて立っていられなくなってしまった。

傍《そば》の街灯につかまってしゃがみ込むと、冷汗がどっとふき出してくる。

命がない。——あの男の言葉。

ただの脅しだろうか？　でも、一体何のために？

心臓が早鐘のように打って、喘《あえ》ぐように息をしていると、

「——どうしたの？」

と声をかけられた。

顔を上げると、高校生らしい女の子が立っている。

「何でも……ないの」

「真青よ、でも」

と、その子は言って、「もしかして——伊原涼子ちゃん？」

「え？」

「やっぱり！　私、佐久間香織」

と、少女は言った。「父が建設大臣の——」

「ああ……。お母さんが言ってた……」

「そうよ。あなたのお母さんに助けてもらったの、私の父。あなたのこと聞いて、一度会いたかったのよ」

涼子はやっと少し落ちついて立ち上った。

「気分が悪くなったの？　よくあることよね。送るわ」

「いえ……大丈夫」

「心配だもの。——ちょっと！」

香織が手招きすると、ずんぐりした体つきの男が駆けて来た。

「車で、この子を送ってあげたいの」

「すぐ呼びます」

と、男がえりもとに付けたマイクに呼びかける。

一分としない内に、車が一台やって来た。

「この人、私のボディガードよ。一緒にお家《うち》まで行くわ」

「いいんですか？」

「私ももちろん一緒だもの」

涼子は、やっと笑顔を見せる余裕ができた……。


「わざわざ来て下さったのに、何もなくて」

ユリは、佐久間香織に紅茶を出しながら、「娘を送っていただいて、すみません」

「いいえ。私、ちょうどあの中学校の前を通りかかって、娘さんが通ってるの、ここなんだ、と思ってたの。そしたら、青い顔してうずくまってる子がいて……」

「滅多にそんなこと、ないんですけどね」

と、ユリが言うと、涼子が居間へやって来た。

「もう大丈夫？」

「うん」

涼子は肯いた。――もちろん、本当のことは話していない。

「お仕事の邪魔してごめんなさい」

と、香織は言った。

「いいえ、ちっとも。どうせ退屈な翻訳なんですもの」

「実は、お願いがあって、お会いしたかったの」

「何ですか？」

「明日《あした》の夜、お暇ですか？」

ユリは面食らったが、

「香織さんからデートの申し込みかしら」

「私じゃなくて、父です」

「大臣が？――この間のお礼なら、もう気をつかって下さらなくても……」

「そうじゃないの。父があなたと食事したがってるんです」

香織はきっぱりと言った。「明日の夜を逃すと、当分忙しくてだめなんです」

「香織さん……」

「もちろん、ユリさんに旦那《だんな》様がいらっしゃるのは分ってる。ただ、父もずっと一人で、寂しいと思うの。せめて、すてきな人と食事くらいさせてあげたい」

ユリは当惑して、

「でも、今はとても――」

と言いかけた。

「お母さん、行ってくれれば」

と、涼子は言った。

「そう、その間に、涼子ちゃんにはうちへ来てもらって、二人でお料理して食べる。どう？」

「すてき！」

ユリは、涼子が目を輝かせているのを見た。

父の入院、手術、生活の不安……。涼子も楽しい思いをこのところしていない。

「分りました――」

「じゃ、OK？　やった！」

と、香織が笑う。

「でも――主人の見舞をすませてから。八時ごろからでよろしければ」

「ええ！　夜中は強いのよ、うちの父」

「そんなに長く食事していません」

と、ユリは微笑んだ。

――佐久間が二人で夕食をとろうというのだから、当然、「安全な」相手かどうか、調べているだろう。

佐久間がどこまでユリのことを知っているか、そこにも興味があった。

しかし、それだけでなく、正直なところユリもいささか胸のときめくのを覚えてもいたのである。

入院している伊原のことを考えると申しわけない気もしたが、涼子が喜んでいるのを見ると、別に浮気しようというわけでなし、構わないだろうという気になった。

「――じゃ、詳しいことは当人と打ち合せて下さい」

香織が携帯電話を取り出してボタンを押すと、「――あ、お父さん。今、ちょっと代るね」

ユリは、香織の手早さに苦笑しつつ、

「――もしもし、伊原ユリです」

「やあ、どうも」

佐久間の声も、弾んでいた。

「あの――今、お嬢様からうかがいましたけど……」

「『お嬢様』なんて呼ぶと、気を悪くしますから。『香織』で結構です」

と、佐久間は笑って言った。「それで……受けていただけますか」

「よろしいんでしょうか。あの――」

「もちろん、先日のお礼にお食事を、というだけで、他意はありません」

「分りました」

一旦《いったん》決心すれば、ためらうことはないユリである。

佐久間から八時に迎えを出すと言われたが、

「いえ、夫の病院へ寄って、直接参ります。もしできれば、帰りだけ送って下されば」

「分りました」

佐久間から場所を聞いて、ユリは頭へ入れた。

「外から直接伺いますので、普段の格好で参りますが、よろしいでしょうか」

「もちろん！　お待ちしています」

「では、八時に伺います」

ユリは重ねて礼を言うと、電話を香織へ戻した。

「お父さん、汗かいてる？」

と言って、香織は笑った。

「お母さん」

涼子が小声で言った。

「何？」

「普段着なんてだめだよ。失礼だよ」

ユリは涼子をチラッと横目で見て、

「ああ言っても、本当に普段着で行くと思うの？　お母さんを甘く見るんじゃないわよ」

「――負けた」

涼子が楽しそうに笑った。

こんな笑い声が家の中に響くのは、久しぶりのことだった……。

9　影の中の女

夫を見舞に病院へ行くのが、思いがけず遅れたのは、K出版へ届けた翻訳原稿のことで、すっかり時間を取られてしまったからだった。

とはいっても、それはむしろ嬉《うれ》しいことで――ユリが翻訳して前に届けておいた分を読んだドイツ文学の大学教授が、その出来ばえに感心して、ユリに会いたがったのである。

急いでいるとはいっても、その後の翻訳について、打ち合せておきたい細かい点もいくつかあって、ユリはK出版にすっかり長居してしまった。

――病院へ着いたのは七時を少し回っていて、約束の八時に、佐久間の待つクラブへ着くためには、すぐに病院を出なくてはならなかった。

仕方ない。嘘はつきたくないが、仕事で、どうしてもすぐ行かなければならないのだと言おう。

ユリは、夫のいる病室へと急いだ。

伊原は、もう普通の病室へ移されていた。

二人部屋の病室だが、一方のベッドは空いていて、伊原は、

「広い個室だ。豪勢だな」

などと、呑気《のんき》なことを言っていた。

体の状態も悪くなかったし、後遺症の心配もあまりないと言われて、ユリも一安心していたが、何といっても心臓の手術をしたのだ。入院は長くなると覚悟していなくてはならなかった。

病室というのはどれも同じようなもので、ユリは、ドアを開ける前に、一応ドアの傍《そば》の名札を確かめた。――〈伊原修一〉という名札。間違いない。

ここで一旦足を止めていなければ気付かなかったろう。

ドアのノブをつかんだ手が止った。

病室の中から泣き声が――それも間違いなく女の泣き声が聞こえて来たのである。

ユリはためらった。伊原だけしかいないはずの病室だ。

「泣くなよ」

と、かすかに洩《も》れて来たのは、確かに夫の声だった。

あの女の声は……。

「君は泣き虫だな」

と、伊原がからかうように言った。

「ずっとそうだったでしょ……。これからもきっとそうだわ……」

グスン、とすすり上げながら言った、その声は間違いなく樋口素子のものだった。

「何も僕が死ぬわけじゃないじゃないか」

「でも……死にそうな思いをして……。奥様はあんなに元気そうなのに。あなたがこんなになるまで、気が付かないいなんて、ひどいわ！」

「素子――」

「私だったら、絶対に、あなたがこんなになるまで放っておかないのに」

「やめてくれ」

「しかも、夜こんな時間になっても、見舞にも来ないなんて！」

「忙しいんだ。僕がいつまで給料をもらっていられるかも分らないんだから、あいつも必死で働いてるのさ。涼子もいる。素子、君の気持は嬉しいけど――」

「分ってるの。ごめんなさい」

と、素子は急いで言った。「本気じゃないのよ。奥様はとてもいい方だし……。勝手に言葉が出てきてしまったの。変ね。私、どうかしてるんだわ……」

「いいんだ。分ってる」

少し間があった。

「――もう、奥さん、今夜はみえないわ」

「どうかな。時間の不規則な仕事だ」

「私、一晩ずっとこうしていたい……」

少し、くぐもった声になっている。――想像がついた。

樋口素子は、ベッドのそばの椅子にかけて、そのまま伊原の腕の中へ頭をあずけているのだ。それとも――キスでもしているか。

「もう帰った方がいい」

と、伊原が言った。

「奥さんが来たら、どうする？　今、ここにドアを開けて入って来たら」

「さあ、どうするかな」

「きっと言うのね、『今、仕事の打ち合せをしてたところなんだ』って」

「素子――」

「帰るわ。――帰るけど、もう少しいさせて」

素子の声は途切れて、それきり沈黙した。

――ユリは、ドアのノブをずっと握っていることに、ふと気付いた。

開けて入ればいいのだ。自分は伊原の妻なのだから。そして、樋口素子に、

「出て行って」

と、ひと言言ってやればいい。

しかし――ユリは、ドアのノブから手を離した。汗で、てのひらがじっとりと湿っている。

病室の中は静かで、声も音も、聞こえなかった。

ユリは、そっと病室のドアから遠ざかった。そして、逃げるように病院から出て行ったのである……。


「大臣を二十分もお待たせするなんて、私も大物ですね」

ユリがそう言って、シャンパンのグラスを持ち上げた。

「いや、今夜は一時間でも二時間でも待つ覚悟でしたよ」

と、佐久間が微笑んで、「政治家は待つことに慣れている。ご心配なく」

ユリはちょっと笑った。——心からの笑いにはならないが、——ごまかすのは得意である。

「——僕が今、何を考えているか、お分りですか」

と、シャンパンを飲んでから、佐久間が言った。

「そうですね……」

ユリは少し考えて、「お嬢さんが、うちの娘と仲良くしているかどうか。違います？」

佐久間は目を丸くして、

「どうして分りました？」

「私と同じだからですわ」

二人は一緒に笑った。

食事が始まるための、それは小さな序曲のようだった。

「——今夜、SPの方は？」

と、ユリは訊《き》いた。

「レストランの表に。中に入ると言ったんですがね。追い出しました」

「まあ、寒くないかしら」

「仕事です。大丈夫」

佐久間は微笑んだ。「あなたは寒い方がお好きですか」

「さあ……。懐はいつも寒いですけど」

と、ユリは言って、「それって、私がポメラニアの生れだから、そう思われたんですか？」

当然、そんなことは調べているはずだ。

「そういうわけでは……」

「今や、消滅してしまった、幻の国家。ご存じでしたか？」

「名前だけは」

と、正直に言って、「申しわけありません。あなたにとっては大切な祖国なのに。TVのニュースで見るまで、場所さえ知りませんでした」

ユリは首を振って、

「そういう方にいちいちケンカを売っていたら、一日中ケンカしてなきゃいけなくなりますわ」

どこまで知っているのだろう、この人は？

いや、ユリは公式に国に雇われていたスパイではない。アルブレヒトが何か記録でも残していない限り、分ることはないだろうが……。

「それに、国がなくなったといっても、なくなったのは政府とかお役人で、山も川も森も残ってるはずです。私にとっての『祖国』は、消えてなくなりはしません」

と、ユリは言って、「負け惜しみに聞こえるかしら」

「いや、そんなことはありません。むしろ、『国』とは何なのか、分っていない人間がいくらもいる世の中です。あなたの言葉にホッとします」

佐久間は淡々と言った。「しかし、その後のポメラニアがどうなっているか、ご心配でしょう。何か分ったらお知らせしますよ」

「ごていねいに」

「――ワインでも？」

佐久間は、ワインを注文しておいて、「安心しました。あなたのことを調べたりして、失礼とは思ったんですが」

「それが、あの方々のお仕事でしょう？　それに、調べられて困るようなことはありません」

「もちろんです。ただ、僕の命を救って下さったときの身のこなしを、SPが目に留めていましてね。あれは訓練された動きだというわけです」

「あらあら」

と、ユリはグラスに注がれたワインを明りにすかして見ると、「――学生のころ、バレーボールの選手でしたの。レシーブは得意で」

「なるほど」

「でも、SPの方にほめていただけるのなら、私、ボディガードにでも転職しようかしら」

「ずっと僕についていてもらうんですがね。それなら」

と言ってから、佐久間はあわてて、「いや、失礼なことを……。ご主人が入院中だというのに。申しわけありません」

「ワインのせいですね」

と、ユリは言った。

「そういうことにして下さい」

――ユリは、夫のそばにいる樋口素子のことを考えた。怒るより、彼女の気持を考えて、哀れだと思った。

しかし、夫と樋口素子の間は、単に――というのも妙だが――「恋人同士」なのだろうか？

ただの商事会社のOLが、なぜポメラニア語を知っているのか。

元大使のアルブレヒトは、生きているのか。そして、なぜ連れ去られたのか。ユリに、アルブレヒトは何を渡そうとしていたのか……。

心配しなければならないことはいくつもある。しかし、その一方で、ユリには夫がいて娘がいて、日々、食べていかねばならないのだ。

その時間の中で、こうして夫以外の男性と食事をする。——これくらいは許されていいだろうと思った。

「——どうかしましたか」

と、佐久間が訊いた。

「いいえ。少し疲れてるんです」

軽いめまいがした。ワインの回りが早いのかもしれない。

「大事にして下さい。もちろん、そんな言い方は無責任だが」

「いえ、お気持だけでも……」

食事を続けながら、何となく話は弾まなくなっていた。——ユリも、あえておしゃべりしようとは思わなかった。

こうして一緒にいることで、充分に疲れた心はいやされている。若い二人とは違う。ひっきりなしのおしゃべりは、必要としない大人同士なのだ。

「おいしいわ」

当り前のことを言うだけで、愉《たの》しかった。——夫と、こんな時間を過すことはあっただろうか。

「——ああ、太ってしまいそう」

と、メインの肉料理をペロリと平らげて、ユリは笑った。

「ユリさん」

と、佐久間が言った。「こんな時間を取ることはなかなかできませんが、何かお力になりたい。僕にできることがあれば、言って下さい」

「そうおっしゃっていただくだけで……」

と言いかけて、「私……」

「何ですか？」

「主人が元気なら、ご好意に甘えることも——。私だって、ずるく立ち回ることもできます。主人に隠れて、あなたと浮気することだって、やってのけますわ。もともと、嘘をつくのは上手なんです」

と、ユリは明るく言った。「でも——主人は今、入院しています。命の危険は一応去ったと言われていますが、心臓のことですし、どうなるか分りません。そんなときに、自分一人が幸せでいるわけにいきません」

「あまりお幸せではないのですね」

佐久間の、その一言はユリの心に食い込んだ。

「——そうとも言えません」

と、ユリは言った。「ただ……主人も、会社の若い女性と付合っているようなんです。

もちろん、だから私も、なんて思うほど馬鹿じゃありませんが」

「そうなると、あなたはますますご主人を大事にする。その若い彼女のためにもね。あなたはそういう人だと思います」

「買いかぶらないで下さい。私はごく普通の主婦です。ただ――少しばかり独立心が強いかもしれませんが」

佐久間の手が、テーブルに置いたユリの手にそっと重なった。――人並みに胸がときめいて、ユリは妙な安心感を覚えた。

「大臣」

テーブルの少し手前で、その男が足を止めた。「急な召集です。総理官邸に」

「何かあったのか」

佐久間は顔をしかめて言った。「今夜は連絡がつかないと言ってやれ」

「しかし……」

「いらして下さい」

と、ユリは言った。「あなたが五分遅れたら、会社が一つ潰《つぶ》れるかもしれませんわ」

佐久間は、苦笑して、

「分りました。しかし、食後のコーヒーは必ず飲む主義でして」

と言った。「それで潰れる会社には、運が悪かったと諦《あきら》めてもらいます」

「まあ」

と、ユリは笑った。

コーヒーを飲み終えて、二人がレストランを出たのは、五分後のことだ。しかし、佐久間も、ともかくちゃんと淹《い》れたコーヒーが飲めて満足した様子だった……。

10　階段の暗闇

「じゃ、有田さん、よろしくね」

と、佐久間香織は車を運転しているSPへ言った。

「ご心配なく」

がっしりした体つきの有田は、いかにも涼子の目に頼もしく見えた。

「——もうここで」

と、ユリがマンションの307号室の玄関で言った。「香織さんは中にいらして下さい」

「はい、それじゃ」

香織も、あえて送るとは言わない。SPにとっては、香織がマンションの下まで送りに出れば、部屋へ無事に戻ったかと心配することになるのだ。

「本当にお世話になりました」

と、ユリがもう一度礼を言う。

「いいえ。凄《すご》く楽しかったよね、涼子ちゃん？」

「うん!」

涼子はしっかり肯《うなず》いた。

「また二人で夕ご飯作って食べよう」

「今度は、材料も一緒に買いに行く」

「そうそう。涼子ちゃん、包丁とか使うの、とても上手なんだもの。びっくりしちゃった」

「あら、うちじゃ、そんなことしたことないじゃないの」

と、ユリは涼子をつついた。

「これこれ!」

と、奥からドタドタ駆けて来たのは、佐久間家へ通っている若いお手伝いさんだった。

ええと……そうだ、法子さんだ。涼子は、今夜の夕食を、事実上はほとんど「法子さん」が作ったことも、むろん承知していた。

「これ、手作りのクッキーです」

と、法子がビニール袋に入れたクッキーを涼子へ渡す。

「どうもありがとう」

「早い内に食べて下さいね」

元気そうな法子の笑顔は、見ていて気持の良いものだった。

「――それじゃ失礼します」

ユリがくり返し頭を下げて、涼子を促し、廊下をエレベーターへと向う。

もちろん有田が先に立っているのである。

エレベーターに乗って、振り向くと、廊下へ出て来た香織が手を振っていた。涼子も振り返したが、すぐに扉が閉った。

「――ご主人の入院されている病院へ寄られますか」

エレベーターの中で、SPの有田が言った。

「あ……。でも、遠回りになります」

「構いません。他に寄りたい所があれば、言って下さい。タクシーのつもりで」

「SPの方に運転手をさせて？　申しわけないわ、そんなこと」

「この前、あなたは佐久間大臣の命を救ってくれたじゃありませんか。もしあのとき、大臣が負傷してでもいたら、私は今ごろクビになってますよ」

と、有田は言った。「そのお礼です。気がねしないで言って下さい」

「じゃ、行こうよ、お母さん、病院に」

と、涼子は言った。「お父さんの顔が見たい」

一瞬、ユリは迷ったが、樋口素子も、まさか今まで病院にはいないだろう。

「――じゃ、お願いしますわ」

と、有田へ向って微笑んだのだった。

「とっくに面会時間を過ぎているのに、申しわけありません」

と、ユリは、応対してくれた看護師に、くり返し礼を言った。

「いえいえ。――でも、もうご主人は眠っておられるかもしれませんよ」

「はい。顔だけでも見たいとこの子が言うものですから」

「お母さんたら、私のせいにしないでよ」

と、涼子が抗議して、看護師を笑わせた。

「お嬢ちゃん、中学生？　私の所も、今中学の二年なのよ」

「じゃ、私より一年上だ」

「あら、中一？　まあ、しっかりしてるわね」

涼子はそれを聞いて、

「お母さん！　よく聞いといてね」

と母をつついた。

「静かにして！　みなさん、もうおやすみなのよ」

ユリは苦笑した。

看護師に重ねて礼を言うと、ユリと涼子は、伊原の病室へ向った。

ドアの前まで来ると、

「ノックする？」

と、涼子は訊《き》いた。

「もし寝てたら、起こさない方がいいわね。そっと開けてみましょう」

「うん」

涼子がノブを回し、そっとドアを開けた。

「——暗いね。寝てるみたい」

二人は中へ入った。

ドアを閉めても、ドアには細い窓がついているので、明りはいくらか入ってくる。

ユリは、夫が静かに寝息をたてているのを見てホッとした。

「大丈夫そうだね」

と、涼子がベッドに近付いて、覗《のぞ》き込んだ。

ユリは少し離れて、涼子が父の寝顔にまじまじと見入っているのを眺めていたが——。

ふと、小さなソファへ目を向けて、そこに女もののバッグが置かれているのを見て息をのんだ。——樋口素子がまだいるのだ。

ユリは、そのバッグを素早く手に取ると背後に隠して、

「涼子。——ちょっとここにいてくれる？　お母さん、トイレに行ってくるから」

と小声で言った。

バッグが涼子の目につかないように、素早く病室を出る。

女性がバッグを忘れて帰るということはないだろう。樋口素子は病院の中にいるのだ。

だが、探すまでもなかった。廊下をやってくる樋口素子の姿が目に入ったのである。

病室の中の涼子に聞こえてはいけない。ユリは、急いでその方向へ歩いて行った。

向うがユリに気付いて足を止める。

「──樋口さん」

「奥さん、私……」

樋口素子は、病室のポットを抱えていた。中のお湯を入れ換えて来たのだろう。

「娘が中にいます」

と、ユリは言った。「娘には聞かせたくないの。──これ、あなたのですね」

ユリが差し出したバッグを見て、素子はゆっくりと肯いた。

「その給湯室で」

と、素子は言った。

廊下は静かで、人の動く気配もない。

「──お湯を入れたんですけど」

と、素子はポットを置くと、ふたを外し、中のお湯を流しへザーッと捨てた。

「何してるんですか」

「私の入れたお湯じゃ、使いたくないでしょ？」

ユリは、素子の青ざめた横顔を見つめて、

「主人を、好きなんですね」

と、訊いた。

「片思いです。伊原さんは優しい人ですけど、誰にでも優しくしています。私は勝手に伊原さんに恋してしまったんです」

素子は空になったポットを置くと、

「奥さんが改めてお湯を入れて下さい」

と言った。「今夜は──もうおみえにならないと思って……」

「用事で遅くなったんです」

「そうですか。でも、ご主人は眠ってらっしゃいます」

「ええ。起すつもりはありません。早く──元気になってくれれば……」

「じゃあ、私は……このまま帰ります」

ユリがバッグを渡すと、素子はそれを肩にかけて、「失礼します」

と、小さく会釈して行く。

「あの──」

と、ユリが呼び止めたのは、本当に訊いておきたかった肝心のことを忘れていたからである。

素子が、会社を訪ねたユリになぜ、ポメラニア語で「気を付けて」と言ったのか。そのことが訊きたかったのだ。

しかし、素子はユリがそう言わない内に、

「何もありませんから」

と、遮って言った。

「――え？」

「ご主人との間には、何もありません。信じて下さい」

そう言われたからといって、「あらそう」と答えるわけにいかない。

ユリが何と言っていいか分らずにいる間に、素子は半ば走るように、階段へと姿を消してしまった。

ユリは、また改めて訊くしかない、と肩をすくめて、

「あ、ポットね……」

と、素子が空にして行ったポットに熱いお湯を入れ直し、それをさげて病室へ戻って行った。

驚いたことに、夫がベッドの頭を少し持ち上げて、目をさましていた。

「私が起したんじゃないよ」

と、涼子は言いながら、それでも父親と話ができたことが嬉《うれ》しい様子だった。

「大丈夫なの？」

と、ユリは言った。

「ああ……。何だか声に力が入らないんだ。手術したとき、間違ってどこかに穴をあけちまったんじゃないのか」

「何を言ってるの」

と、ユリは笑って、「これ、ポットのお湯ね。新しく入れたわ。何か欲しい物、ある？」

「いや……今のところはない」

伊原は、樋口素子がとっくに帰ったと思っているのだろう、心配そうなそぶりも見せなかった。

「ともかく、家のことは心配しないで、ゆっくり休むのよ。会社の方もそうおっしゃって下さったんだし」

会社の方、という言葉に、伊原は初めて不安そうな表情を見せ、

「会社の誰と話したんだ？」

「課長さんよ。野沢さん」

「ああ。――そうか」

伊原は目を閉じた。

「涼子。もう帰りましょう。あなたも明日《あした》は学校があるでしょ」

「うん。――じゃ、お父さん。また来るね」

と、涼子は手を振った。

「ああ……。風邪ひくなよ」

伊原は、ユリを見ると、「大変だろうが、頼むよ」

「ええ」

ユリは、夫の手を軽く握った。

もちろん――この場で樋口素子のことを問い詰めることはできない。

今夜、自分だって、佐久間と食事をして来たのだ……。

ユリと涼子は廊下へ出て、そっとドアを閉めた。

「良かったね」

と、涼子が言った。

「そうね」

「私も、ちょっとトイレに寄ってく」

「ここにいるわ」

涼子がトイレに行くと、ユリは、手持ちぶさたに静かな廊下をふらついていたが――。

ふと足を止める。

今のは――声だろうか？

響いてよく分らなかったが、人の叫び声のようにも聞こえた。トイレの方ではない。階段の方だ。

ユリは、涼子が来るかと振り返りながら、階段の所まで行ってみた。

階段は今、普段の照明が消えて、一応足下を見るには充分な〈非常灯〉だけが灯《とも》っている。

ユリは、耳を澄ましたが、さっきの叫び声らしいものは、もう二度と聞こえて来なかった。

戻ろうとしたユリは、カタン、カタン、というリズミカルな音にまた足を止めた。

何かが、階段を転げ落ちて来たのだ。

あれは——バッグだ。

見憶《みおぼ》えがあった。

近付いてみると、確かにユリがさっき渡した、樋口素子のバッグである。

上から落ちて来た、ということは……。

樋口素子は帰っていない。階段を下りたふりをして、上のフロアで、ユリたちが帰るのを待っていたのだろう。

ユリは階段の上の方を見上げた。——そこは、〈非常灯〉も消されて真暗だった。

素子が息をひそめて隠れているのだろうか。

ユリは、声をかけようかと思ったが、

「——お母さん」

涼子の声がして、ハッと振り向き、

「はい！　じゃ帰ろうか」

と、急いで戻り、エレベーターの方へ歩き出す。

「あんな所で何してたの？」

と、涼子が訊《き》いた。

「うん。階段の方で——何だか物音がしたんで覗《のぞ》いてたの」

バッグは、そのまま置いて来た。涼子にでたらめな言いわけはできない。

「──エレベーター、来たよ」

と、涼子が言った。

「うん」

ユリは、後ろ髪を引かれる思いだったが、エレベーターに乗って、ともかく今夜は放っておこう、と思った。

──もう少しユリが階段の所にいたら、事態は全く違っていただろう。

バッグの後、ユリが行ってしまってから、階段を静かに落ちて来たのは、血だった。

音もなく、血だまりはゆっくりと広がって行った……。

11　大使の顔

「おはようございます」

だしぬけに声をかけられて、ユリはびっくりした。

「――あ、どうも」

ユリは、一階下の「お節介な隣人」、山倉が立っているのを見て、「今朝はごゆっくりですね」

もう九時を少し過ぎている。

山倉は、出勤途上の服装ではあったが、少しも急いでる風ではない。

「ええ、今朝は外を回ってから出社しますんでね」

と、山倉は上機嫌で、「こんなときくらい、のんびりしないと」

「まあ、結構ですね」

「――新しくお買いになったんですか？」

山倉は、その車を見て、「届け出ていましたかね」

「違います」

け預かってるんです。――管理事務所に何か言わないとまずいでしょうか?」

と、ユリは言った。「友だちの車ですの。二、三日旅行に出るというんで、その間だ

「いや、まあ二、三日ということなら……」

「じゃ、よろしいですね」

ユリはわざと言った。――何か言われたら、「山倉さんが、いいとおっしゃったので」

と答える。

そうなると山倉も急に不安になったのか、

「しかし、誰かが事務所に何か言っていくと困りますからね」

と、あわてて言った。「ちゃんと話しておくに越したことは……」

いい顔はしたいが、責任は取りたくない。――そういうタイプの典型である。

「じゃ、山倉さんの方から、ひと言おっしゃっておいて下さいません? 夫の見舞もあって、なかなか時間が取れませんの」

「分りました。じゃ、言っときますよ」

「いつもすみません」

「いえいえ。――大変ですね。ご主人、退院の見込みは……」

と、山倉が言いかけると、

「あなた」

山倉の細君が、いかめしい顔でサンダルをパタパタ言わせながらやって来た。

「何だ、どうした？」

「忘れものよ」

と、奥さんが大判の封筒をさし出す。

「あ！　そうだった！　それがなきゃ、行っても仕方ないところだ」

「間に合うだろうと思ったの。どうせどこかで道草食ってると思ったからね」

「ありがとう。いや、ちょっとね、車のことでご相談にのってさし上げてたんだ」

「いつもお手数かけて」

と、ユリが挨拶《あいさつ》しても山倉の奥さんは無視して、

「早く行きなさいよ！　いくら直接出社しないったって、こんなことしてたらお昼になるわよ」

「ああ、分ってるよ……。じゃ、伊原さん」

「行ってらっしゃい」

と、ユリは会釈した。

夫が行ってしまうと、山倉の奥さんは、

「ご主人のご病気、いかが？」

と、親切そうに声をかけて来た。

「まだしばらく入院しないといけないようです」

「そうですか。奥さんもお体、こわさないようにね」

「ありがとうございます」

――人の不幸を楽しみにして生きている、と言っては酷か。

しかし、そんなことしか楽しみがないというのは気の毒でもある。

「こんなことしてられないわ」

やっと一人になると、ユリは作業を続けた。

――団地の駐車場。

そこの空いた場所にアルブレヒトの車を入れて、中を調べているところだった。

アルブレヒトがユリに渡そうとしていたのは何だったのか？

アルブレヒトが車にはねられ、連れ去られたことと、どう係《かかわ》っているのか。

ユリは、車の中へ入り、ていねいに調べて行った。

ダッシュボードやポケットはもちろんだが、座席の境目や床のゴムシートの下も見ていった。

ユリは一応本職の――といっても大したことはないが――スパイだったわけだが、ポメラニアの大使だったアルブレヒトにしたところで、国の利益のために、多少の非合法な活動もしていた。

外交官というのは、誰でもある意味ではスパイなのである。

当然、車の中に何か大切な、しかし見付かっては困るものを隠すこともある。

ユリは、狭い車内で苦労しながら、アルブレヒトが何かを隠していそうな場所を調べていった。

用心しなければならない。――こんなことをしているのを住人の誰かに見られたら、自動車泥棒かと思われるだろう。

　夜中にやらなかったのは、万一パトロール中の警官にでも見咎《みとが》められたら言い逃れのしようがないからである。

この午前中の一、二時間、たいていの主婦は家で掃除や洗濯をしていて、外出してくるのは昼近くになってから。

おそらく一番目立たない時間なのである。

「――だめだ」

と、ユリは呟《つぶや》いて、汗を拭《ぬぐ》った。

狭い車内、ドアも窓も閉め切っているので、いい加減暑くなってくる。

ただ、助手席のシートの背もたれを思い切り倒して、座席との合せ目を指で探ると、何か硬いものが触った。

指で弾《はじ》くようにして取り出してみると、

「バッジ？」

紅葉をデザイン化したらしい、学校のバッジのようである。――こんな物がなぜ入っているのだろう？

ユリは、もう少し他の場所を捜して、結局それ以上何も見付けられず、一旦諦《いったんあきら》めた。

内装をはがしたりするのは、ここでは無理である。どこか、人目のない郊外へでも出てやるしかない。

ともかく、このバッジだけでも、ちょっとした手掛りである。

ユリは一旦外へ出て息をついた。

この車も、ずっと置いておくと目をひく。今日はこれを運転して出かけよう、とユリは思った。

病院の駐車場へ車を入れるころ、空に大分雲が出て、午後には雨になりそうな気配だった。

菊池依子に電話を入れて、特に急ぎの仕事が入っていないというので、先に夫の病院へ寄ることにしたのだ。

河本が、

「伊原さんのそばにいたい！」

と言っているというので（犬じゃないんだから、とおかしかったが）、病院で落ち合うことにした。

夫の着替えなどを入れた紙袋をさげて病院へ入って行くと――ユリは、どこか妙な空気が感じられて、当惑した。

何がある、というわけではないのだが、雰囲気がいつもと違う。――何だろう？

エレベーターで上っていくときに、気付いたのは、いつもにぎやかにおしゃべりしている若い看護師たちがいやに静かで無口になっているということだった。

言葉を交わしても、何だかヒソヒソ話になっている。——やはり何かあったのだろう。

夫の病室のあるフロアに出て、すぐに顔見知りのベテラン看護師と出会った。

「おはようございます」

「あら、伊原さん。今日はお早いですね」

「ええ、仕事の都合で時間がまちまちになって……」

「構いませんよ、もちろん。ご主人、ずいぶん食欲もあって、お元気ですね」

「おかげさまで。当人は命拾いしたなんて、全然気付いていませんわ」

と、ユリは言った。「あの——何かあったんでしょうか」

「え？」

と、相手がギクリとする。

「何だか、妙な雰囲気が」

「いえ、何もございません」

と、あわてて言って、「急ぎますので、これで」

と、行ってしまおうとしたが——。

その看護師は振り向いて、

「伊原さんは、とても勘の鋭い方ですものね。——こちらへ」

と、ユリを促して、廊下の隅へ連れて行くと、「実はゆうべ妙なことがあって」

「どんなことですの？」

「患者さんには言わないで下さい。といっても、たぶんどこかから耳に入るでしょうけれど」

と、眉《まゆ》をひそめる。「ゆうべ、深夜に見回りしてた当直の先生がね、その階段のそばを通りかかったら、血が――」

「血？」

「それも、少しではないんです。かなりの量の血が、階段をずっと上のフロアから下まで流れ落ちていたんです」

「血だけ――ですか」

「ええ。先生がびっくりして、調べたんですけど。――輸血用の血液でも、袋が破れてこぼれたのかと思いました。でも、その血を採って調べたら、人体から流れ出たものだと分ったんです」

「つまり――」

「誰かが、ひどい出血をした、ということになります。一人のものでしたから。でも、全部の患者を調べても、そんな人はいませんでした」

「人一人、亡くなるほどの出血ですか」

「ええ。――あれなら、きっと出血多量で死亡しているはずです」

「でも、死体はなかった……」

「そうなんです」

と、看護師は肯《うなず》いた。「朝早く、警察へ連絡して、調べてもらいました。——でも、結局何も見付からず、今はその階段もきれいに掃除して、使っていますが、やはり気味が悪くて」

「大変でしたね」

と、ユリは言った。

表情には出さなかったが、動揺していた。

その階段とは、ゆうべ、夫の病室を訪れていた〈A商事〉の樋口素子のバッグが落ちて来た、その階段に違いなかったのである。

あのとき、叫び声らしいものを、ユリは聞いていた。階段を覗《のぞ》いて、バッグが落ちてくるのを見た。

そしてそのまま涼子と二人で帰ったのだが……。

その血は、樋口素子のものだったかもしれない。だとすれば、あのとき、樋口素子は殺されたことになる。

「お願いですから、ご主人にも黙ってらして下さいね」

と、看護師に言われて、

「もちろんです。お約束します」

と、ユリは言っていた……。

「ああ、早いな、今日は」

ベッドで、夫が目をさましている。

「仕事の都合で」

と、ユリは言った。「着替え、持って来たわ」

「ありがとう。——ゆうべは涼子の顔を見れて良かった」

「ちょくちょく来させるわ」

「うん。まあ、中学生は中学生なりに忙しいだろう。無理しなくていい」

「何か食べたいもの、ある？」

ユリは、小テーブルの引出しをあけて、請求書などが入っていないか、見た。

「いや、今は別に……。な、ユリ」

「なに？」

伊原が手招きする。

ユリがそばへ行くと、

「内緒だぞ」

「何よ、もったいぶって」

「ゆうべ幽霊が出た」

「――何のこと？」

「看護師が騒いでたんだ。もちろん、訊《き》けば『何もありません』って言うけどな。もうみんな知ってる」

「そんなこと……」

「本当さ。ま、ふしぎじゃない。毎日、何人か死んでるんだ」

「いやな話ね。忘れて。もし、涼子が来ても、そんな話、しないでね」

と、ユリは言った。

伊原は、樋口素子が早く帰ったと思っている。――その「騒ぎ」が、まさか彼女のことだとは思いもしないのだろう。

ユリも、むろん話す気はない。

ユリは、夫のひげを剃《そ》ってやり、

「じゃ、帰りに寄れたら、また来るわ」

もう少しゆっくりするつもりだったのだが、そうしてはいられなかった。

――病院を出ると、ちょうど河本がやって来た。

「伊原さん、もう出るんですか？」

「ああ、あなたが来るんだったわね。忘れてたわ」

「存在感がなくて、すみません」

「違うのよ。ちょっとショックなことがあって……」

「ご主人の具合が？」

「いいえ、そうじゃないの」

と、首を振って、「ちょっと待ってて」

と、病院の中へ戻ると、公衆電話でA商事へかけた。

「——もしもし。樋口素子さんをお願いします」

と言うと、

「本日休んでおりますが」

「いつからお出になるでしょうか」

「さあ、はっきりとは分りません」

「ありがとうございました」

ユリは電話を切った。

やはり、樋口素子だったのだろう。

しかし、なぜ？——ユリは、彼女がユリに向って、ポメラニア語で、「アテンゾ（気を付けて）」と言ったことを思い出していた。

樋口素子はただのＯＬではなかったのだ。——どうなっているのだろう？

ユリは、病院を出て、駐車場へ向った。

また、河本が待っていることを忘れてしまっていた。

12　小さな恋人

「いいわね、無理しないで」

と、ユリは念を押した。

「大丈夫です。任せて下さい！」

河本は車を降りると、〈A商事〉の入ったビルへと張り切って入って行った。

――やや不安はあったが、仕方ない。

ユリは、樋口素子の自宅を知りたくて、色々当ってみたが分らなかった。

それを見ていた河本が、

「僕が訊《き》いて来ます」

と言い出したのである。

「どうやって？」

「あの女性でしょ？　ご主人の病室を訪ねて来た」

「ええ」

「僕が惚《ほ》れてもおかしくない年齢です」

「どうしても会いたい、って言って、連絡先を訊き出します」

「惚れる？」

「だけど――」

「大丈夫です。こう見えても、もてない男に見えるという点では自信があります」

と、変な自慢をしている。

ユリは、思い切って河本にやらせてみることにした。――何といっても、向うは河本のことなど全く知るまい。危険はないだろうと思った。

それでも、一応、

「彼女が殺された可能性もあるの。用心して。危ないと思ったら、すぐ引き上げてね」

と話しておいた。

「大丈夫です！　逃げ足は速いですから」

と、河本は請け合った。

それで、こうして車で送ってきたのである。

河本がビルの中へ消えるのを見て、自分の携帯電話の電源が入っているのを確認してから、再び車を走らせた。

行先は〈K女子学園〉。

書店で、学校のバッジを調べ、この座席で見付けたのが、〈K女子学園〉のものと分ったのである。

アルブレヒトも、大使として色々な仕事をしている。ポメラニアという、知名度の高いとは言いがたい国について、少しでもPRするのがアルブレヒトの仕事の一つだった。何かそういう関係で、〈K女子学園〉とつながりがあったのだろうか。

〈K女子学園〉は決して大きな学校ではない。

都心の一角にあり、中・高だけのこぢんまりとした学校である。

午後の三時を少し回ったころ、車は〈K女子学園〉の門を入った。

事務室の課長という男性と面会の約束はとりつけてあった。

ユリはジャーナリストの肩書で、消えてしまった「幻の国」ポメラニアを取り上げて記事にしたい旨を告げ、

「こちらで何かポメラニア関連の行事などがあったと伺ったので……」

と言ってみた。

「ああ、去年の文化祭で——ちょうど一年くらい前になりますが、大使さんがおみえになって、『ぜひポメラニアについての展示をさせてほしい』と。——こちらで相談して、社会部の展示の中で、〈私たちの知らない国・ポメラニアについて〉というのをやりました」

と、その課長は話してくれた。「とても立派な紳士で」

「ええ、私もよく存じ上げています」

ユリは、アルブレヒトのことを誉めてもらって嬉《うれ》しかった。

「それに係《かかわ》った生徒さんにお目にかかれないでしょうか。もしできたら、そのときの感想など伺いたいんですが」

「お待ち下さい。――まだいるかな」

もう下校時間になっていたのだ。

しかし、課長はすぐ戻って来て、

「今三年生の杉山《すぎやま》あけみという子が、その展示を中心になってやっていましてね。まだクラブで残っていました」

「すみません、無理をお願いして」

待つほどもなく、杉山あけみがやって来た。

高三といえば十八歳か。――小柄で、十六くらいに見えるが、はきはきと話す、いかにも頭のいい子だった。丸顔で、可愛い。

「アルブレヒトさんには、とてもお世話になりました」

と、少女は言った。「ぜひ一度、ポメラニアへおいで、と言われたんです。でも、その国が失くなっちゃうなんて、残念です」

「ありがとう。――大使へ必ず伝えるわ」

と、メモを取って、ユリは微笑んだ。

杉山あけみが退《さ》がって行った後、ユリはさらにその課長に二、三訊いてから、礼を言って校舎を出た。

帰って行く子供たちを見ると、少しモダンなデザインのセーラー服のえりに、あのバッジがついていた。

車を停めた場所へ足を向け、ユリは車にもたれて、杉山あけみが鞄《かばん》を手に立っているのを見た。

「——さっきはありがとう」

と、ユリが言うと、

「あの人、どうしたの？」

と、杉山あけみが言った。

「あの人？」

「これ、あの人の車でしょ」

その言い方は、さっきの優等生のものではなかった。

「知ってるの」

「何度も乗ったもの」

と、杉山あけみは言った。

ユリは、キーを出して、

「お話ししましょう。——乗ってくれる？」

「ええ」

と、少女は肯《うなず》いた。

たの」

ユリは車を公園の傍《そば》へ停めて、

「私のバッジ」

と、ユリに渡されたバッジを見て、杉山あけみは肯いた。「この車に乗ってて失くし

「教えて」

と言った。「大使とはよく会ったの？」

「あなた、ユリさんでしょ」

と、あけみは言った。

「知ってるの」

「アルブレヒトから聞いたわ。スパイなのよね、ポメラニアの」

ユリは絶句した。——こんな女の子にユリのことを話すとは。

「私、あの人と『恋人同士』だった」

と、あけみは言った。

「あなたが？」

「誤解しないでね。食事くらいごちそうしてもらったけど、おこづかいなんてもらわない。お金なんか関係ないの。——あの人のこと、好きだった」

ユリは何とも言いようがなかった。

「――いつも、アルブレヒトのマンションへ行ったわ。一人暮しだから、困ることないし。私、あの人とが初めてだったの」

「そう……」

「でも、いつもベッドに入ったわけじゃない。ただおしゃべりしたり、お菓子食べたりするだけってこともしょっちゅう。――本当に楽しかったの、あの人といると」

「そうだったの……」

「ユリさんのこと、よく話してた」

と、あけみは言った。「アルブレヒト、ユリさんを好きだったのよ」

「ちょっと待って」

ユリは汗をかいていた。「のぼせちゃいそうだわ！」

あけみが笑った。――それはいかにも少女らしい笑いで、ユリはホッとした。

「驚いた。――アルブレヒトに、こんな可愛い恋人がいたなんて」

「よくこの車でドライブしたわ」

と、あけみは言った。

そして、ふと不安げに、

「でも、あの人、どうしたの？　急に連絡が取れなくなって。――しかも、この車をあなたが……」

「あけみちゃん」

と、ユリは言った。「アルブレヒトは、たぶん……もう生きてないわ」

あけみが青ざめた。

「何があったの？」

「分らない。——でも、ポメラニアの消滅と何かの係りがあるんだわ、きっと」

「ユリさん。どうしてあの人が死んだって——」

「私の目の前で車にはねられたの」

ユリは、そのときのことを話してやった。

「誰が、何のために連れ去ったのか、見当もつかないわ」

「でも——」

と、あけみが言った。「連れ去ったっていうのは、アルブレヒトに用があったんでしょ？　それなら、生きてるかもしれない」

「そうね。——そうかもしれない」

ユリは、あけみの頬に大粒の涙が伝い落ちるのを見て、胸を打たれた。

ユリが肩に手をかけると、あけみはユリの胸に顔を埋《うず》めて、しばらく泣いた。

やっと顔を上げたあけみが、

「ありがとう」

と言った。

「あけみちゃん——」

そのとき、携帯電話が鳴り出した。

ユリが自分のバッグへ手を伸ばしたが、

「――私のだ」

あけみが自分の鞄から携帯電話を取り出した。「――もしもし？」

あけみの頬にサッと赤みがさした。

「アルブレヒト！」

ユリが唖然《あぜん》とした。

「心配してたんだよ！――え？――今、あなたの車の中。ユリさんと一緒なの」

ユリは、あけみの輝く目を眺めていた。

この子は、本当にアルブレヒトを好きだったんだ。

「――待って。――ユリさんに代ってって」

ユリの手も震えていた。

「もしもし」

「ユリか。すまんな」

「生きてたんですね！」

「ああ。あばらが何本か折れたが。――ここじゃ話せない。来てくれるか」

「どこにいるんですか？」

「U国大使館の別館。知ってるだろ？」

「ええ、一度行ったことが」

「そこで手当をしてもらってる。——すまんが……」

「すぐ行きます」

と、ユリは言った。「この可愛い彼女はどうします?」

「黙っててすまない」

「言えばただじゃおきませんでしたよ」

と、ユリは言ってやった。

「その子のことはよろしく頼む」

「分りました」

ユリは通話を切った。

「ユリさん……」

「あけみちゃん。あなたは来ない方がいいと思うわ」

「いやです!　絶対に行く」

と、ユリをにらむ。

「気持は分るの。でもアルブレヒトは、あなたのことを『よろしく頼む』って。——一緒に連れて来てほしければ、必ずそう言うわ」

「でも……」

「分って。あの人も、あなたを危ないことに巻き込みたくはないはずよ」

あけみは、しばらく考えていたが、

「分ったわ」

と、渋々肯《うなず》いた。「その代り、アルブレヒトをきっと連れて帰ってね」

「ええ。待ってて」

「これ――私の携帯の番号」

と、メモしてユリへ渡すと、「約束よ」

「約束ね」

と、ユリは肯いた。

ユリは近くの駅へ車を走らせて、あけみを降ろした。

車を出すと、ユリはバックミラーに、見送って立っているあけみの姿をいつまでも見ていた。

――しかし、これはどういうことだろう？

あけみとのことはともかくとして、なぜアルブレヒトがU国の大使館にいるのか？

東欧の国家の一つ、U国はポメラニアと必ずしもうまくいっていたわけではない。

むしろ、U国がしばしば軍事力をチラつかせてポメラニアを脅しにかかっていたことさえある。

そこにアルブレヒトが――。

今の電話が、もし脅されてかけたものだったら？

なぜユリにでなく、あけみにかけたのだろう？

ユリが一緒にいると知っていたわけがない。あけみを呼ぶつもりだったのだろうか。

しかし、ともかく行かないわけにもいかず、ユリは車を走らせて行ったが、ふと思い付いて、途中で停めると、電話をかけた。

「――もしもし。――伊原ユリと申しますが、佐久間大臣はいらっしゃいますか」

と、ユリは言った。

13　白髪の男

静かな住宅地。

その中の、少し広めの作りの洒落《しやれ》た一軒家がU国大使館の〈別館〉である。

といっても、ここは大使の私邸。――つまり、個人の住宅なのである。

ユリがその家の前で、乗って来たアルブレヒトの車を停めたのは、もう早い冬の夜が降りて来るころ。街灯が自動的に点灯した。

立派な邸宅ではあるが、一見したところ特に変った所はない。周囲を囲む塀が、普通よりやや高いとか、門扉が板は張ってあるが、分厚い鋼板製だということ。――その辺も、よほど注意して見なければ分らないだろう。

ジーッと音がして、監視用のTVカメラが車の方を向く。

ユリは、車から一旦《いったん》降りた。カメラのレンズがズームして自分の顔を大映しに捉《とら》えていることが分る。

ブーンと低い唸《うな》りが聞こえて、門扉が左右へ開いた。車へ戻り、中へ乗り入れる。

正面に駐車場の扉が見え、それがゆっくりと上った。中へ入れ、ということだろう。

下り斜面を入って行くと、何台か、車が並んでいる。ほとんどがベンツやBMWのドイツ車だ。

男が一人、立っていた。U国の人間だろう。頬骨の出た、特徴のある顔をしている。

その男が手を上げて車を停めると、

「ここで降りて」

と、割合聞きやすい日本語で言った。「キーはそのままで」

ユリは言われた通りにした。

「ついて来なさい」

男は黒ずくめの、鍛え上げられた体つきをしていた。普通の事務員などではない。ガードマン、というより「用心棒」と言った方が近いか。

階段を上ると、重そうなスチールのドアがあり、それを開けると――突然、高級なサロンにでも入ったよう。

シャンデリアのさがった吹抜けのホールは、玄関を上った所らしい。

「――いらっしゃい」

巻き舌のきつい発音で言って、額の禿《は》げ上った、でっぷりと太った男がやって来た。

ユリも知っている、U国大使のホレンダーである。

「ホレンダー大使でいらっしゃいますね。伊原ユリです」

「待っていた」

と、笑顔で肯く。

「ドイツ語でお話しした方が？」

と訊《き》くと、ホレンダーはホッとしたように、

「ヤア！」

と肯いた。

「アルブレヒト大使がこちらでお世話になっていると伺ったので……」

ユリはドイツ語で言った。

「一緒に来なさい」

と、ホレンダーは促した。

廊下の奥へ来ると、ホレンダーがポケットから小さなリモコンを取り出してボタンを押した。正面の壁が開いて、エレベーターが現われる。

「人に聞かれたくない話もあるのでね」

と、ホレンダーがエレベーターのボタンを押すと、「さあ、乗って」

地下室があるのだ。エレベーターは、ゆっくりとした速度で、かなりかかってやっと着いた。

扉が開くと、ヒヤリとする空気に包まれる。上の住居とは大違いの、コンクリートむき出しの廊下を行くと、ドアがいくつか並んでいた。

その一つをホレンダーが開ける。

「伊原ユリさんだ。元ポメラニア共和国の秘密情報部員だよ」

ユリは思わず笑いそうになってしまった。

大げさな！

しかし、中へ入ると、ユリの背筋に緊張が走った。

寒々とした部屋。木の机。その向うに座っているのは——ユリも知っている顔だった。

いや会うのは初めてだ。しかし、写真で何度も見ていた。

「かけて」

と、硬い木の椅子を示される。

傍《そば》には、さっき駐車場にいた黒ずくめの格好の男が立っている。

「ではよろしく頼む」

と言うと、ホレンダーは出て行ってしまった。

「待って下さい！　アルブレヒトは——」

ユリは叫んだが、一旦ドアが閉ればむだだった。

「まあ、かけなさい」

白髪のその男はドイツ語で言った。

ユリは、怯《おび》えた表情を見せまいとした。

「私は、アルブレヒト元大使に会いに来たんです」

「分っている。——座って」

「これは取り調べですか？　私は日本人です。あなたに取り調べを受ける理由はありません」

「その男は――」

と、白髪の男は傍の用心棒を指して、「傷一つつけずに、あなたのあばらを二、三本折ることができる。そうなる前に座った方がいい」

ユリは胸を張って深く息をついてから、硬い椅子に座った。

「――私を知っているね」

と、白髪の男は言った。

白髪といっても、老人という印象はない。五十前後か。雪焼けした顔は、鋭いくちばしを持った鷲《わし》のようだ。

「ヘル……。アレグザンダー・ヘルでしょう」

「その通り」

と、男は笑って、「――どうだ、私は有名だろう」

と、傍の男へ言った。

東ヨーロッパの人間で、少なくとも国家機密に係《かかわ》る仕事をしている者は、ヘルを知らないわけがない。

民主化によって体制が変り、秘密警察が廃止されたある国の、元長官がヘルだ。

「民主化のとき、亡くなったと聞きました」

と、ユリは言った。

「自殺？　車ごと崖《がけ》から落ちて」

ヘルは笑って、「もちろん、細工したのさ」

「そういう噂でした。あなたが死んだと信じている人間はいませんでした」

「私はね、U国へ亡命して、今はU国の公務員だ」

と、ヘルは言った。

「私に何のご用ですか」

「君は伊原ユリ。旧姓辻井《つじい》ユリ。ポメラニアでは『ユーリ』と呼ばれていた」

ヘルは手もとのファイルを開いて、眺めていた。

なぜ自分のファイルがU国に？

「父親は辻井善之《よしゆき》。母はポメラニア人のタニア。間違いないね」

「はい」

「父親は飛行機事故で死亡。――君はいくつだった？」

「十……五でした」

「その後、母親と二人で日本へ渡り、辻井家で育つ。――母親は君が二十歳のときに亡くなり、君は一人で東京の大学へ」

「――それが何か？」

「訊いているのは私だ」

ユリは、冷汗が背中を伝うのを感じた。

ヘルが何を訊こうとしているのか、見当もつかなかったが、少なくとも身許《みもと》調べにわざわざ出てくる男ではない。

「まあいいだろう」

と、ヘルは言って、息をついた。「前置きはこんなもので。――アルブレヒトは私たちが預かっている」

「車ではねたのも、あなたたちですか」

と、ユリが言うと、傍にいた男が進み出て、いきなりユリの右腕をねじ上げた。

ユリが短く悲鳴を上げる。

「まだ早い」

と、ヘルは言った。「ユリさん。訊くのは私だと言ったはずだ」

「――分りました」

腕を離してくれたが、しびれて力が入らない。

「君は何を知っている？　ポメラニアの国家財産に関して」

そう訊かれて、ユリは首を振った。

「私は何も知りません！　国が失くなったことさえ、知らなかったんです」

「ポメラニアのスパイが？　そんなことはないと思うがね」

「スパイといっても……単に情報収集をしただけです」

「アルブレヒトもそう言っていたが……。まあいい。正直に言っているかどうか、じき分るだろう」

ユリは体が震えた。――秘密警察の長官として、ヘルは大勢の活動家を拷問死させたとされている。

「かかって来たな」

くぐもった電話のベル。ヘルは引出しをあけ、中の電話の受話器を上げた。

「私だ。――訪問先か？――よし、代ってくれ」

ヘルは、受話器をユリの方へ差し出した。

戸惑いながら受け取ると、

「もしもし？」

と、涼子の声がした。

ユリは息をのんで、

「――涼子？」

「あ、お母さん？　今ね、お客様が待ってるんだよ」

涼子の口ぶりは自然だ。

「お客様……。そう、お母さん、忘れてたわ」

「何だ。どうするの？　お二人みえてるけど」

ユリは送話口を押えて、ヘルへ、

「娘に手を出さないで下さい！」

と言った。「正直に、知っていることは話します！　娘に手を出さないで！」

目に涙をためて、じっとヘルを見つめる。

「――いいだろう」

ヘルは肯《うなず》いた。

「――もしもし、涼子。お客様と代って」

「うん。待ってね」

間《ま》が空いた間に、受話器はヘルの手に戻った。

「私だ。――ああ、今日は引き上げていい。何もするな。いいな」

ヘルは電話を切ると、「――いつでも、君の娘を廃人同様にするぐらいのことはできる。憶《おぼ》えておけ」

ユリは体の震えが止らず、固く腕を組んだ。

「私に何を言えと？」

「どうやら本当に知らないようだな。――ポメラニアの国家には、まだ何十億ドルかの財産が残っていたんだ。それを大統領を始めとする何人かが持ち出した。――今、ポメラニアはD社の私有地だ。しかし、その消えた数十億ドルは、どこにあるか分らない」

「初めて聞く話です」

「我々の調べでね、どうやらその金は日本へ持ち込まれたらしいと分った」

「それを見付けて、あるべき場所へ戻す。――U国は、その仕事をD社から請け負ったのだ」

と、ヘルは言った。「うまく取り戻せば、三〇パーセントがU国へ入る。今、U国は
貧しい。その金があれば大助かりだ」

当然、ヘルもかなりの報酬を手に入れることになるのだろう。

「伊原ユリ君」

と、ヘルが立ち上った。「君に、その財産を見付けてもらいたい。成功すれば、充分な報酬を出す。もし我々を裏切れば――アルブレヒトも、行方不明のまま。君には手を出さないが、娘さんが無事ではすまない」

ユリは青ざめた。――拒むことはできない。

ともかく、今はここを生きて出ることだ。

「やってみます」

「必ず見付けてもらわないと困る」

ヘルはユリのそばへやって来ると、「君をこのまま帰すのは惜しい。しかし、こらえるのも快感につながるからね。――毎日、私に報告を入れろ」

ヘルは電話番号を言った。「憶えたか？」

ユリが肯く。

「さすがにスパイだ。――報告を待っているよ」

ヘルが促すと、ドアが開けられた。

「行きたまえ」

ユリが立ち上って、出ようとする。

「――少し遊んでから帰しましょう」

と、黒ずくめの男が言った。「せっかくの機会だ」

ユリは身を硬くした。

そのとき、廊下に足音がして、U国大使のホレンダーが顔を出した。

「――どうした？　すんだのか？」

「友好的に話し合いました」

と、ヘルが言った。

「今、建設大臣の佐久間の秘書が迎えに来ている。この女を」

「ほう？」

「私は通訳です。佐久間大臣に気に入られているので……。今日、会議があるんです」

「いないとは言えん」

と、ホレンダーが言った。「連れて行くぞ」

ユリは、エレベーターで一階へ戻った。

「――私は君のお父さんを知っていた」

と、エレベーターの中で、ホレンダーが言った。「昔のことだが……。ポメラニアはいずれU国の一部になる」

ユリは何も言わなかった。

一階の正面玄関から出ると、佐久間のガードについている有田が車のわきに立っていた。

「お迎えに上りましたよ」

「どうも……」

ユリは、震える膝《ひざ》で車に乗り込んだ。

車がU国大使の私邸を出て、道を走り出すと、ユリは体中から汗がふき出して、しばらく何も言えなかった。

「大丈夫ですか？」

と、有田が訊《き》く。

「ええ！　早く車を走らせて！　あそこから少しでも遠くへ！」

ユリは夢中でそう叫んでいた……。

14　すがる者

「もしもし、涼子？」

「お母さん。まだ外なの？」

涼子が何ごともなく口をきいてくれるのが、ユリには嬉《うれ》しい。

「大丈夫？　何ともないわね？」

「お母さん、変だよ。どうしたの？」

「いえ……。ちょっと気分が悪くなって」

「迎えに行こうか？」

「いえ、だめ！　出ないで！　外へ出ちゃだめよ。分った？」

「うん……」

「もうすぐ帰るから。――ね、ちゃんと玄関の鍵《かぎ》、かかってる？」

「かけたよ」

「もう一度確かめて。それから、チェーンもかけるのよ。分った？」

「うん……」

涼子は面食らっている。

「じゃ、何か買って帰るからね、夕ご飯」

と、ユリは言った。「もし誰か来ても、上げちゃだめよ」

「はい……」

ユリは、電話を切ると、何度も息をついた。——やっと体の震えが止った。汗も出なくなった。

「恐怖」というものの凄《すご》い力。——それを初めて知った気がする。

あれでもし、拷問でも受けていたら、堪えられただろうか？　痛みから逃れるためなら、何でも言ったかもしれない。

もう、帰らなくては。

立ち上ったユリは、鏡の前で、髪と服装を直した。

「ひどい顔……」

まるで何日も寝なかったような顔をしている。

ハンカチを出して、額の汗を拭《ふ》いていると、ドアが開いた。

「まあ、佐久間さん……」

佐久間が厳しい表情で入って来た。

「有田から聞きました。U国大使の私邸で何があったんです？」

「ご心配かけて……。もう大丈夫です」

「あなたの様子はただごとじゃなかったと言っていましたよ」

「でも、もう平気ですわ」

「伊原さん」

佐久間はユリの手を取ると、ソファへ連れて行った。

大臣の執務室につながる応接室である。

「大臣がこんな所で……。お仕事がおありでしょう」

と、ユリは言った。

「腹痛で倒れました」

「え？」

「二、三日安静、と言われたのを、押して明日《あした》から仕事をします」

「まあ……」

ユリは呆《あき》れて、ちょっと笑った。「――笑えたわ、私」

「話して下さい」

大臣として、分刻み、いや秒刻みの忙しさの佐久間が、病気と偽って来てくれたのだ。

ユリは胸が熱くなった。

「佐久間さん……」

「秘密は守ります。――信じて下さい」

ユリはゆっくりと息をついた。

「──分りました。でもこんな所を見られたら大変。車の中でなら……」

「いいですとも」

「うちまで送って下さい。その中でお話しします。有田さんに運転してもらって」

「すぐ手配します」

と、立ち上った佐久間に、

「一緒に乗り込むところを見られないようにして下さい」

と、ユリは念を押した。


十分後には、ユリは有田の運転するリムジンの座席で、佐久間と並んで座っていた。

車内は外から見えないし、運転席とも仕切られていて、二人の話は有田に届かない。

「三十分もあれば着きますよ」

と、佐久間は言った。

「ここで聞いたことは、すぐ忘れて下さい」

と、ユリは言った。

「無理を言われても……」

「あなたのためです。──ヘルに狙われたら、日本のSPも守り切れません」

「ヘル？」

「アレグザンダー・ヘル。元、ある国の秘密警察の長官です。そのヘルが、今U国に雇われて働いているんです」

「つまり……」

「有能な殺し屋を大勢養成した男です。今でも手足になって働く部下が何人もいるでしょう。殺しのプロです」

「その男がなぜ……」

「ポメラニアの消滅と係《かかわ》っているんです」

と、ユリは言った。「私はポメラニア共和国のスパイでした。情報収集だけが仕事でしたが、一応、報酬も受け取っていました」

佐久間は、黙ってユリの話を聞いていた。

ユリは、自分の話が佐久間を危険にさらすことになるかもしれないとそれだけを心配していた。

「——なるほど」

佐久間は聞き終って、ホッと息をつくと、「とんでもないことに巻き込まれたものですね」

「でも、何とかヘルの言ったことを調べなくては。——娘の命がかかってます」

「涼子ちゃんを狙うなんて、人間のやることじゃない！」

と、佐久間は腹立たしげに言った。「涼子ちゃんに護衛をつけましょうか」

「とんでもない！　却《かえ》って、私がしゃべったと分ってしまいます」

「それはそうですが……。しかし、いくら大使といっても、許されないことはある」

「ホレンダー大使は決して顔を出さないでしょう。何があっても、『自分は知らない』ですませるでしょう」

「しかし、どうするんです？」

「手がかりは少ないんですけど、何とか探ってみます。——アルブレヒトの命もかかっていますから」

「あなたにも危険が及ぶでしょう」

「でも——そうなったら諦《あきら》めるしか」

と、ユリは言った。「入院中の夫、消えた祖国、まだ中学生の娘……。これじゃ死ねません」

そう言って、ユリは笑った。

そして——ユリは佐久間の腕の中にいた。

一瞬、すべての不安や苦労を忘れて、佐久間とのキスに溶けていくような感覚を味わった。長く長く忘れていた感覚だった。

——リムジンが停り、ユリは佐久間から離れた。

「着いたんだわ」

と、窓から外を見て、「ありがとうございました」

有田がドアを開けてくれる。

ユリは素早く降りた。……同じ棟の人の目につかないように、有田はわざと少し手前で降ろしてくれていた。

ユリは有田に礼を言って、もうすっかり暗くなった団地の中を、我が家へと急いだ。

——リムジンは、団地の中の広い道でUターンすると、戻って行った。

仕切りの板が下りて、

「聞いてたか？」

と、佐久間が言った。

「はい」

と、有田が肯《うなず》く。

「どう思う？」

「嘘ではないでしょう。しかし、ヘルとかいう殺し屋の親玉の話は映画みたいで」

「うん……。しかし、もし彼女の話が本当だとすると、ポメラニアの金がどこかにあるということになる」

「それが何か？」

「日本からの借金が、あの国は一番大きな割合を占めていたんだ。国が破綻《はたん》して、丸損になるところだが、もしその金を日本で押えることができたら……」

佐久間は腕組みをして、それきりじっと窓の外の暗がりを見つめていた……。

「――涼子」と言って、ユリは居間へ戻ったが、「あ、そうだ。――涼子……」

「――おやすみ」

言っておくことがあったのを思い出して、「ね、涼子……」

と、娘の部屋を覗《のぞ》くと、もう涼子は寝息をたてて眠っている。

一分足らずの間に。――思わずユリは笑ってしまった。

若いってすばらしいことだわ。

居間へ戻り、ユリはしばらくソファに身を委《ゆだ》ねて動かなかった。

――本当は自分がとんでもない状況にいるのだということ……。あまり考えないようにしていたが、それで現実が変るわけではない。

ポメラニアのお金が……。しかし、どうやって調べればいいのだろう？

ヘルは、ユリのことを「本職のスパイ」と思い込んでいるようだ。ポメラニアにはジェームズ・ボンドなど必要なかったのである。

しかし、そんな言いわけを聞いてくれるヘルではない。

ユリが唯一の手がかりと思えるのは、アルブレヒトのことでも、U国大使のことでもない。

夫の勤める〈A商事〉のことなのである。

樋口素子がポメラニア語を知っていたこと、そして彼女が殺されたらしいことを考えると、彼女個人か、あるいはA商事がポメラニアに何か係っていたのではないかという気持も体も参っている。

ユリは、ともかく今夜は寝ようと思った。——気がする。

シャワーを浴びている内、ユリはハッとした。

あの、アルブレヒトの「恋人」、杉山あけみのことを思い出したのである。

忘れてた！

バスローブを着て、まだほてっている間に、ユリはあけみの携帯電話へかけた。

すぐに出る。

かかって来るのを待っていたのだろう。

「——はい」

「伊原ユリよ。——ごめんなさい、遅くなって」

「アルブレヒトは？」

と、あけみが訊《き》いた。

「ごめんなさい。会えなかったの」

と、ユリは素直に言った。「命の危険があるとは思えないけど、自由な身でもないと思う。今、トラブルに巻き込まれているのよ」

「トラブルって？」

「ポメラニアの消滅をめぐっての、色んな問題があってね」

と、ユリは言った。「精一杯、私が努力するわ。少し待って。アルブレヒトも、あなたを巻き込みたくないと思うの。辛《つら》いでしょうけど、連絡を待って」

しばらく間があって、

「——分ったわ」

と、あけみは言った。「あなたを信じてる。——彼があなたを信じてたから」

「ありがとう！」

ユリは心からそう言った。

あけみは、高校生でも十八歳でもなく、今は一人の「恋する女」だった……。

15　危機一髪

　目を覚ましたユリは、ベッドの中で、疲れ切った体を引きずるようにして何とか起き上ると、

「――こんな時間！」

　時計を見てびっくりした。涼子、起きたかしら？

　あわてて起き出すと、流しにちゃんとモーニングカップが置いてあり、涼子の姿はなかった。自分で起きて出て行ったのだろう。

　ホッとして居間へ行くと、テーブルにメモがあった。涼子のクルクルと丸まった字で、

〈お母さん、ちゃんと起きた？　凄《すご》くくたびれてるようだったから、起こさないで行くよ。

　そんなに無理ばっかりしてると倒れちゃうよ！　行って来ます！〉

　――そのメモを読む内、ユリは胸が熱くなって来た。

　涼子……。涼子……。

　あなたの身に指一本触れさせるもんですか！　必ず、必ず、あなたのことを守ってあ

げるからね。

しかし、決心だけではヘルの部下の殺し屋に立ち向うことはできない。

ユリは、顔を洗って出かける支度をすると、少し考えてから、記憶を頼りに電話をかけた。

呼出し音がたっぷり十数回も鳴って、やっと先方が出た。

「誰だ、こんな時間に？」

と、不機嫌な声が聞こえて来た。

「沢田《さわだ》さん、ごめんなさい。私よ、伊原ユリ」

少し間があって、

「ユリさん！　こりゃ驚いた！」

「良かったわ。もうお店を移ったかと思った」

「そんな景気のいい話はないよ。どうしたんです？」

「お願いがあってね。もちろん、無理にとは言わないわ」

「言ってみて下さいよ。ユリさんのためなら、できるだけのことはしますよ」

「ありがとう。——拳銃《けんじゅう》が欲しいの」

と、ユリは言った。

少し間《ま》が空いて、

「——どうしたんです？」

「訊かないで。手に入る？」

「そりゃもう……。今なんか売りたがってる奴がいくらもいますからね。前科《まえ》のない、きれいなのを手に入れるにしても、一日あれば――」

「今日中に手に入る？」

「信用できる相手の所へ、直接買いに行きます。弾丸は何発ぐらい？」

「戦争するわけじゃないから。二十発もあれば」

「ユリさんが使うんですね？」

「ええ」

「じゃ、小型の軽い銃を選びましょう」

「悪いわね。手に入ったら、携帯へ電話くれる？」

番号を教えて、「迷惑なこと頼んで、ごめんなさい」

「なに、お役に立てりゃ、こっちも嬉《うれ》しいんで。――じゃ、連絡を入れます」

「よろしく。里恵《りえ》ちゃんは元気？」

「ええ、もう親父より背が高くなって」

「あらあら！　本当に？」

「中三ですが、バレーボールの選手ですよ」

「まあすてき」

と、ユリは言った――。

沢田はバーテンで、裏の世界にも顔が広い。

一人娘を可愛がっていて、その子がヤクザに狙われていたのを、ユリが助けたことがある。

それをずっと恩に感じてくれているのだった。

ユリは、出かけようとして携帯電話が鳴ったので出ると、

「——ユリさん！　分りましたよ！」

河本だ。ユリは、昨日河本を〈A商事〉の前で車から降ろして、それきり忘れていたのだった。

「河本君！　大丈夫だった？」

「ええ。樋口素子の住んでるアパート、分りました」

そうだった！　完全に忘れてしまっていた。

「良くやったわね。場所はどこ？」

ユリは、河本の説明で大方の見当をつけた。

「一緒に行きます」

「そうね。じゃ、そうしてくれる？」

地下鉄の駅で待ち合せて、ユリは足早に家を出ようと——。

玄関のドアを開けて、ギクリとして立ちすくむ。

ヘルの部下の黒ずくめの男が立っていたのである。

「何のご用ですか」

と、言葉を押し出すように言うと、

「これだ」

男は、車のキーをユリの目の前で揺らして見せた。「昨日、お前が乗って来た車を返しに来た」

アルブレヒトの車だ。U国の大使私邸へ、置いて来てしまった。

「——どうも」

と、キーを受け取る。

「いつかゆっくり相手する。楽しみにしてるぞ」

男は、そのまま行ってしまった。

ユリの背中に、汗が一筋伝い落ちた。


「——ここ？」

ユリは、そのアパートを見上げた。

「〈A商事〉で教えてくれたのは、間違いなくここです」

と、河本がメモを見ながら言った。

二階建の、小さなアパートで、取り立てて変った所はない。比較的新しいようだ。

「二階ですね」

郵便受を見ると、〈202〉の所に〈樋口〉という名札が入っていた。

「行ってみましょう」

階段を上って行く。

しかし、夫の入院している病院で、もし樋口素子が殺されたとしたら、アパートにいるわけがない。

〈202〉のドアを、ユリは叩《たた》いた。

「――いないのかな」

河本がドアのノブをつかんだ。「開きますよ」

ユリは止めようと思ったが、そのときにはもう河本がドアを開け、

「誰かいますか?」

と、声をかけていた。

「――留守らしいわね」

と言いながら、なぜ鍵《かぎ》がかかっていないんだろうといぶかっていた。

「どうします?」

「上ってみましょ」

入ってしまったのだから、同じことだ。

二人は靴を脱いで上ったが、六畳一間と台所、ユニットバスの簡単な作り。捜すほどのこともなく、主《あるじ》がいないことは分った。

「ずいぶん殺風景ですね」

河本の言葉ももっともで、少なくとも都心のオフィスに通うOLの部屋としては、飾り気もなく、色彩にも欠けている。

ユリは、何かいやな予感がしていた。

どこかおかしい。——大体、河本のように見知らぬ男が訊《き》いて、アパートを教えてしまうものだろうか。

「ユリさん、どうしましょう？」

「静かに」

と、ユリは抑えた。

「は？」

「動かないで」

ユリは目を閉じて、じっと耳に神経を集中させた。

しかし——何も聞こえて来ない。

「——どうしたんですか？」

「今は午前十時過ぎよ。普通の家庭なら、お掃除や洗濯をする時間だわ」

「はあ……」

「でも、このアパート、何の音もしない」

「そういや静かですね」

「静か過ぎるわ」

ユリは、戸棚や引出しを次々に開けてみた。――どれも空だ。

「ここは、樋口素子のアパートじゃないわ。というより、誰も住んでいない」

「じゃ、どうしてここを教えたんでしょうね?」

ユリが答えない内に、部屋の棚に置かれていた電話が鳴り出した。

危ない。――危ない。

ユリの頭のどこかで囁《ささや》く声がした。――電話に出るな。

もしかしてこれは……。

ユリが止める間もなかった。河本が受話器を取って、

「もしもし。――もしもし?」

けげんな顔で、「誰も出ませんよ。いたずらかな」

河本が手にした受話器の受話口から、ピーッと甲高い笛のような音が聞こえた。

「危ない!」

ユリは河本の腕をつかんだ。「出るのよ!」

二人は、玄関から廊下へと転がるように飛び出した。

同時に、部屋で爆発が起った。炎が一瞬渦巻いて、窓を吹き飛ばし、隣室との壁をぶち抜いた。

廊下へ伏せたユリと河本の上に、バラバラと色々な破片が落ちて来た。

「――大丈夫？」

ユリは息をついて顔を上げた。

「生きてます！」

河本は煙にむせて咳込《せきこ》むと、「ユリさんこそ……」

「けがはしてないけど……。ひどいなりね」

服が埃《ほこり》だらけだ。

「どうなってるんです？」

「〈A商事〉は、わざとここを教えたのよ。ここには誰も住んでいない。私たちをおびき寄せる罠《わな》だったんだわ」

「今の爆発は……」

「部屋の中のどこかに爆弾が仕掛けてあって、電話の受話器を通して特定の周波数の音を送る。するとその音をセンサーが感知して、爆弾が爆発するのよ」

「へえ……」

河本が唖然《あぜん》としている。

「こういう爆弾はずいぶん前からあるの。でも、どうしてこんな所に……」

ユリは息をついて、「ともかく、この騒ぎで、近所の人が一一〇番しているでしょう。早くここを離れるのよ」

と、河本に言った。

「でも、ユリさん」

「なあに？」

「俺たち、靴をはいてませんが……」

そうだった！――靴なんかはいている暇はなかった！

しかし、二人の靴は、爆発のせいで見るも無残な状態になってしまっていたのである……。


「失礼」

男が、ユリを急ぎ足で追い越して行った。

ユリは、そのままエスカレーターで地下鉄の駅へと下りて行った。

駅の券売機の奥に、コインロッカーが並んでいる。

ユリはコートのポケットに手を入れた。――さっき、追い越しざま沢田がポケットに入れて行ったコインロッカーのキーが指に触れる。

そのキーのナンバーを見て、ロッカーを開けた。

布にくるまれた品物が入っている。手に取ると重みが伝わって来た。

ユリは化粧室へ入ると、布の包みを開いてみた。

黒光りする拳銃《けんじゅう》があった。箱に実弾。

カートリッジを抜くと、七発入れてあった。一発分空けてあるのが、沢田らしい気のつかい方である。

ユリはバッグの中へ、拳銃をしまった。

——向うは、ユリが死んでもいいと思っていたのだ。

こっちもそのつもりでかからなくてはならない。

しかし、あんなやり方で命を狙って、〈A商事〉は却《かえ》って弱味をつかまれたことになる。

樋口素子はおそらく生きていないだろう。——ユリは、少し迷いはしたが、夫、伊原修一の上司、野沢課長に狙いを定めることにした。

おそらく——夫も何か知っている。

ユリとしては辛《つら》いが、その点も認めないわけにはいかない。

むろん、伊原はユリがポメラニアの出身だということは知っている。それが〈A商事〉の本来の仕事とどう係《かかわ》ってくるのだろう？

——夫を問い詰めるのは、やはり気が進まなかった。

それは最後の最後だ。

あの爆弾騒ぎの後、一旦《いったん》自宅へ戻って、シャワーを浴び、出直して来たのである。

ユリは腕時計を見て、〈A商事〉へと向った……。

16 注射器

「お父さん! 早いね!」

と、玄関へ香織が出て来る。

「また出かける。着替えに戻ったんだ」

と、佐久間は言って、「——誰か来てるのか?」

玄関に、女の子の靴がもう一足あるのに気付いたのだ。

「うん。——ほら」

香織が目をやると、居間から伊原涼子が顔を出して、

「今晩は」

「やあ、君か」

「お母さんが少し遅くなるんだって。いてもらっていいでしょ?」

と、香織が言った。

「ああ、もちろんだ」

佐久間は、台所から出て来た田原法子に、

「この子たちの分だけでいい。僕はこれから出かける」

と、声をかけた。

「かしこまりました」

佐久間は、寝室へ入ると、スーツを別のものに替えた。

「──お父さん」

香織が、寝室の入口に立っている。

「何だ。──どうした？」

「ユリさんと、また出かけないの？」

「香織……。ユリさんにはご主人がいる。涼子ちゃんのパパが」

「分ってるよ」

と、香織は肯《うなず》いた。「でも──好きになったら仕方ないじゃない？　私、反対しないけど」

「そう急ぐな。──父さんも、ユリさんとの付合いは大事にしていきたい。焦ったら、却って会えなくなる。分るか？」

「うん……」

「お前は涼子ちゃんと仲良くしてろ。──有田が待ってる。もう行く」

「気を付けてね」

「ああ。そう遅くならないと思うが」

「あてにしないで、先に寝てる」

佐久間は笑った。

「行ってらっしゃい！」

香織と涼子が玄関で見送ってくれた。

二人は、並んでいるとまるで姉妹のように見える。

――佐久間の胸が痛んだ。

有田が車のそばで待っている。

佐久間は車に乗ると、ただ、

「やってくれ」

とだけ言った。

有田も心得ている。車は夜になった町へと走り出す。

――ユリを裏切る。

佐久間にとっては辛いことだった。しかし、大臣として、ポメラニア共和国の財産が秘《ひそ》かに日本へ持ち込まれているとしたら、放ってはおけない。

佐久間は、大臣の立場を貫けばユリと別れざるを得なくなるだろうと分っていた。

そして、その事実を、もし香織が知ったら深く傷つくだろう。

何より佐久間が怖いのは、ユリをいわば「泳がせる」ことで、ユリを危険にさらすことになる、という点だった。

もしユリの身に万一のことがあったら……。

佐久間は自分を許せないだろうと思った。

ユリ……。

もっと早くか、もっと遅くかに出会っていたら……。

今、自分は大臣で、自分の感情にだけ素直に生きることはできないのだ。

「——大臣」

と、有田が言った。「麻布《あざぶ》の方ですか？」

「うん」

車がスピードを上げた。

小さなマンションの駐車場へ車を入れると、有田はエレベーターの前まで行って、

「お待ちしております」

と、一礼した。

佐久間は、マンションの一室のドアを自分の鍵《かぎ》で開けた。

「待ちくたびれちゃった」

透けるように薄いネグリジェの女の子が出て来る。

「着替えてたんだ」

「他の子の匂いがついたから？」

「違うよ。汗をかいたんだ」

「怪しいな」

と、女の子は笑って、「シャワーは?」

「簡単に浴びよう」

佐久間はスーツを脱いだ。


野沢は、メモを何度も見直した。

サラリーマンの悲しい習性というものだろう。

「ここか」

病室の名札に〈伊原修一〉という名を見付けてホッとする。

病院はもう眠っていた。

野沢はそっとドアを開けると、うっすらとした明るさの中、点滴のスタンドが白く光って、伊原が眠っているのが目に入る。

そっとベッドへ近付くと、野沢はふき出して来る汗を手の甲で拭《ぬぐ》った。

伊原がふっと目を開いて、

「――課長」

野沢はギクリとしたが、

「何だ、起きてたのか。――眠ってたら、起すのも気の毒だし、帰ろうかと思ってた」

と、笑顔を作った。

「一日中、眠っちゃいられませんよ」

　と、伊原は言った。

「それもそうだな。元気そうじゃないか。安心したぞ」

「課長……。樋口君はどうかしたんですか」

「樋口？　どうしてだ？」

「いえ、何だか……。気になって」

　と、伊原は言った。

「別に……何もない」

「そうですか」

「ちょっと風邪をひいたのか、休んでいるけどな。大したことはないらしい」

「ならいいんですが……」

　と、伊原は天井を見上げて、ため息をついた。

「看護師さんの一人に頼んで、樋口君へ連絡してもらおうとしたんですが、どうしても連絡がつかないと言われて」

「それなら俺に言えばいいじゃないか。伝えといてやるよ」

　と、野沢が請け合った。

「すみません」

「ゆっくり休め。忙し過ぎるんだ」

「休んでたら席が失くなりますよ」

「そうかな」

と、野沢は苦笑した。「ともかく――また来るよ。気を付けろ」

「はい」

伊原は小さく肯いて、「安らぐ場がないという気がずっとしてたんです」

「家庭でもか？」

「ええ。ユリは忙しいし、ポメラニアのことよりこの国での暮しが優先する。当然かもしれませんが……」

「しかし、奥さんは一人で頑張ってる。大した人だ」

「そうですね」

野沢は、少しして腰を上げ、

「――じゃ、この次までに、何か知らせるよ」

と言い残し、病室を出た。

野沢は廊下に出ると、黙ってひたすら祈るように、椅子にかけて顔をふせた。

そして――人の気配に顔を上げる。

「奥さん」

「野沢さん。ちょっとお話が」

「何でしょう？」

「ここでは……。ちょっと来ていただけますか」

ユリは先に立って非常階段へと歩いて行った。

「――今、ご主人と話しました」

と、野沢は言った。「想像していたよりも早く元気になりそうで……」

「それならいいんですけど」

ユリは、階段の途中で、「――野沢さん」

「何か？」

「ポケットに入ってるものを出して下さい」

ユリの言葉に、野沢はサッと青ざめて、

「何のことです？」

「とぼけないで下さい」

野沢は愕然《がくぜん》として、ユリの手に拳銃《けんじゅう》があるのを見つめていた。

「奥さん……」

「私を見そこなわないで。ポメラニアのスパイだった私ですよ。当然ご存じだったでしょ？」

銃口はしっかりと野沢へ向けられている。

「待って下さい。私はただ……」

「ポケットのものを」

ユリはくり返した。

「こんなもの……。何だか知らないんだ。本当だ！」

野沢は、細い注射器を取り出した。針先にカバーがついている。

「それを夫の点滴に混ぜるつもりでしたね」

と、ユリは訊《き》いた。

「私は知らない。――これの中身は知らないんだ」

額に汗が浮かぶ。

「まさか、栄養注射だとは思っていないでしょう？」

「それはそうだが……。私は言われた通りにしただけだ」

「命令したのは誰？〈A商事〉は何をしているの？」

「それは……」

と、野沢が口ごもる。

そのとき、

「どなたかいらっしゃる？」

と、看護師がやって来た。

ユリは素早く拳銃をしまった。

「――ああ、伊原さん。どうですか、今？」

「遅くなって、いつも……」

と、ユリは言った。

野沢はこのタイミングを捉《とら》えて、

「じゃ、よろしく」

と会釈して「帰らなきゃ！　では奥さん！」

と、あわてて逃げ出した。

ユリは、唇をかんだ。

「じゃ、奥さん、ご主人の容態を、先生が説明されるということなので、明日《あした》の午後、おいでいただけますか？」

「もちろんです」

と、ユリは言った。

看護師が行ってしまうと、ユリは急いで野沢の後を追った。

そして――階段の踊り場で足を止める。

野沢が床に倒れていた。――手足が小刻みに動き、首筋にあの注射器がささっている。

ユリは駆け寄って、その状態を見た。そのとき、足音が聞こえて、タタッと駆け出して行く。

ユリは追いかけたかったが、野沢を放ってはおけない。しかし、もう手遅れなのは明らかだった。

「――お母さん、遅いよ」

と、涼子がふくれている。

「ごめんなさい。お父さんの所へ寄って来たの」

「お父さん、どう？」

「うん、大丈夫よ」

ユリは、佐久間のマンションで、香織と法子に礼を言った。

「――じゃ、これで。お父様によろしく」

「もう少し待ってれば帰るのに」

香織は残念そうだった。

「またいずれ。――お父様にそうお伝えしてね」

「はい」

香織と涼子が手を振り合う。

そのとき、玄関のドアが開いて、佐久間が入って来た。

「ユリさん」

「涼子がお邪魔を……」

「とんでもない！」

佐久間の体から、かすかに石ケンの匂いがする。香水の香りも。

ユリは、

「明日が早いので、これで」

と、会釈した。

「下まで送りましょう」

佐久間と香織、二人で見送ってくれた。

ユリは、自分の車ではなく、アルブレヒトの車を運転して来た。

涼子は車が走り出しても、しばらく後ろへ向けて手を振っていた。

「――楽しかった？」

「うん！」

涼子は肯《うなず》いて、「お姉ちゃん、って呼ぶことにしたんだ」

「まあ、大変ね、あちらも」

「香織さんがそう言い出したんだよ」

ユリは、涼子の嬉《うれ》しそうな顔に満足していた。

――野沢は死んだ。

注射器には毒薬が仕込まれており、誰かが針を野沢の首へ突き立てたのだ。

ユリは、知らないふりをして出て来てしまった。

野沢を失ったのはユリにとっても痛い。――誰が野沢を殺したのだろう。

帰ると、涼子はすぐお風呂《ふろ》へ入った。

ユリは、指示通り、ヘルの所へ連絡を入れた。

「——今、手がかりを追っています」

と、ユリはドイツ語で言った。

「頑張れよ」

と、ヘルが言った。

「車をどうも」

「アルブレヒトの要望だ」

「そうですか。彼は大丈夫ですか?」

「代るか?」

「杉山あけみさんへ連絡してあげてくれと言って下さい」

ユリはそう言って電話を切った。

——ユリの目はしばらく虚《むな》しく宙を見つめていた。

17　裏切り

「行って来ます」

と、涼子が玄関から母へ声をかけた。

「待って！」

ユリはあわてて玄関へ出て来ると、「涼子、今日も香織さんの所へ寄らせてもらいなさい。電話しておくから」

「遅くなるの？」

「ちょっと分らないけど、連絡するわ」

「はい。――お母さん」

「何？」

「怖い顔してるよ。危ないこと、やめてね」

「――そう？」

涼子にそう言われたのはショックだった。

「じゃ、帰りに香織さんに電話してから、寄る」

「そうしてね。――できるだけ一人にならないように。学校から駅まででも、お友だち何人かで帰るようにね」

「分った」

涼子も、あえて母に何も訊《き》かなかった。

家を出て、棟から表に出ると、

「急がなきゃ」

授業には充分間に合うけれど、朝早くから文化祭の準備のための打ち合せがある。何しろ一年生だ。遅れて行くと上級生が怖い。

バス停へと小走りに急ぐと、

「あ、バス!――待って!」

ちょうどバス停で客を乗せている。涼子は駆け出したが、鞄《かばん》につけた小さな人形が外れてカラカラと転がる。

あわてて拾っていたら、バスは無情に走り去ってしまった。

「悔しい!」

学校へ行く時刻は、まだ出勤ラッシュのピークというわけではない。

仕方なくバス停で息を弾ませて待っていると、

「――お嬢ちゃん」

小型車が一台寄って来て、窓から見知った顔が覗《のぞ》く。

「あ、おはようございます」

「バス、逃しちゃったんだね？」

「ええ、ちょっとの差で」

「どうせ駅まで行く。乗って行きなさい」

「でも――」

ちょっとためらったが、用心するといっても、まさか……。

「じゃ、いいですか？　ありがとう」

と、涼子は車のドアを開けて乗り込んだ。


ユリは、エレベーターを降りてびっくりした。

A商事のオフィスの入口前に、何十人もの社員が集まっていたのだ。

「――どうしたんですか？」

と、ユリが一人に訊くと、

「いや、いつもの通り出勤して来たら、この扉が開いてなくて――」

ユリは、人の間を縫って、入口のガラス扉の所まで来た。

扉はロックされ、中のオフィスは暗い。そして、ガラス扉に一枚の貼紙があった。

〈A商事社員の皆さんへ。当社は昨日を以《も》って廃業しました。各自、自分で新しい仕事を捜して下さい。幸運を祈ります。社長〉

何とも素気ないワープロの一枚だけの告示。

「――ふざけやがって！　社長の所へ押しかけようぜ！」

と、若い男が言った。

「社長の家、知ってるのか？」

と、他の一人。

「知らねえ」

「誰か知ってる人は？」

――そこにいた三十人ほどは、みんな若い社員たちだった。

「困るわ！　ローンの払いがあるのに」

「退職金も何もないの？」

女性社員は泣き出しそうである。

「管理職は知っていたんだ！　誰も今朝出て来てない」

「そうだ！　課長の家なら知ってるぞ！」

「行こう！」

何人かが行ってしまったが、大部分は残って呆然《ぼうぜん》としている。

ユリは、ポメラニアの大使館が失くなっていたときのことを思い出した。――自分の生活を支えていたものが突然消え失《う》せてしまう。そのショックはよく分った。

「伊原さんの奥様ですか」

と、若い女性社員の一人が言った。

「ええ」

「入院なさってるのに、大変ですね、こんなことになって」

「そうですね。——何の噂とかもなくて？」

「全然！　野沢課長の様子が変だな、とは思ってたんですけど」

「野沢さん——亡くなりましたよ。昨日」

「え？」

居合せた人たちがみんな啞然《あぜん》としている。

ユリの携帯電話が鳴った。

「——はい、もしもし？——どなた？」

と、少し離れて出てみると、

「もしもし」

と、ためらいがちな声。「伊原さんですね」

「はい、そうです」

と言ってから、相手の声に思い当る。「樋口さん？　樋口素子さんね。そうでしょう？」

少し間《ま》があって、

「——そうです」

「まあ……。あなた、死んだのかと思ってたわ」

ユリは、他の人に聞こえないように小声で言った。

「色々ご心配かけてすみません」

「ゆうべ——野沢さんが亡くなったわ。主人の点滴に毒薬を入れようとして」

「それで伊原さんは——」

「大丈夫だったわ。野沢さんはその毒薬を注射されて死んだの。誰がやったのか分らないけど」

「自業自得だわ」

と、樋口素子は言った。「今、どちらにいらっしゃるんですか？」

「A商事。でも、会社を閉めてしまっているわ」

「やったんですね。——お話ししたいことがあるんです」

「分ったわ。どこへ行けば？」

「私もその近くにいます。Sホテルは？」

「分ります」

「そこのラウンジで。二十分後に」

「必ず行きます」

と、ユリは言った。「プレディッヒ」

「プレディッヒ」

と、素子は言った。
「後で」という意味のポメラニア語だ。
ユリは電話を切ると、まだ途方に暮れている社員たちを後に、エレベーターに乗った
……。

「伊原さん、おはようございます」

と、看護師が病室へ入って来る。

「おはよう」

と、伊原修一は返事をしたが、言葉に力が入らない。

「ゆうべ、眠れましたか？」

「うん、普通に……」

「胸の辺り、痛いとかは？」

と、脈をとる。

「失恋の痛み？」

「その元気なら、じき歩けますね」

と、看護師は笑って、「じゃ、お昼前に先生の回診があります」

「了解」

と、伊原は肯《うなず》いた。「君も一緒？」

「私は忙しいんで、分りません」

「残念だな」

「奥様が午後にはみえます」

と、看護師は言って、点滴の袋を見ると、

「あと少しですね。また後で来ます」

と、出て行く。

――何十人、何百人の患者を受け持っているだろうに、点滴の袋が空になると、ちゃんとやって来て交換していく。その点には、伊原も感心していた。

午後にユリが来る。その前に回診か。

――時間が長い。

入院して、伊原は本当に何もしないでいる一時間がいかに長いものか、驚いた。

そして、人間がいかに「眠れる生きもの」であるかも。

看護師が出て行くと、しばらくして伊原はまたウトウトしていた。

その間、例の看護師がやって来て、点滴の袋を交換して行った。――これでまた何時間かはポタポタとやるわけだ。

伊原はまたまどろんだ。――誰か、また看護師が入って来ると、点滴の具合を見ているようだが、そこへ、ユリらしい女がやって来て――。

ユリか？

伊原が目をさますと、誰もいない。

「ユリ……」

今のは夢かな？

ユリは午後にやって来ると言ってた。

きっと夢でも見たんだな。――伊原は目をつぶって、息をついた。

屋上へ出ると、ユリは、

「こっちを向いて」

と言った。「妙なことをしたら、いつでも撃つわよ」

ユリの手の拳銃《けんじゅう》は、看護師に向けられていた。いや、看護師の制服を着た樋口素子に、である。

「どうしてここにいると思ったんですか？」

と、素子が言った。

「思い出したの」

と、ユリは言った。「あなたがポットのお湯を捨てたのをね。――お湯に何か入れてたんでしょう？」

夜、夫を娘と見舞ったとき、ポットを抱えて戻ってくる樋口素子と出会った。

素子は、給湯室でポットのお湯を捨てた。

「私の入れたお湯じゃ、使いたくないでしょ?」

と言って、いかにも「恋する女」らしく見せたが、野沢の手にしていた注射器を見て、思い出したのである。

ドラマではない。あそこまでやるだろうか。何か理由あっての行動だったのではないか。

「電話で、あなたが生きていたと分ったとき、間違いないと思ったわ。野沢を殺したのも、あなたでしょう」

「仕方ないんです、あれは」

「どういうこと?」

「やりそこなったんですから。——どうせ殺されたんです」

と、素子は言った。

「あなたは主人を好きだったの? それとも何もかもお芝居だったの?」

「両方です」

素子は手すり越しに、遠くへ目をやった。

「どういう意味?」

「奥さん」

と、素子はユリを見て、「あなたは何もご存じないんです。何も知らないままでいた方が幸せです。信じて下さい」

「そうできるものならね」

とユリは言った。「でも、もうここでやめるわけにはいかないの。私と娘の命がかかってる。何もかも知って、それがどんなに辛《つら》いことでも、仕方ない。覚悟はできているわ」

「奥さん……」

「私はね、自分の生れ育った国を愛してる。その国が消えてなくなった。そのまま忘れてしまうわけにはいかないの。大統領が代ろうが、政権が代ろうが、ポメラニアは私の故郷なのよ」

素子の口もとに、皮肉めいた笑みが浮かんだ。

「でも奥さん、ポメラニアが消滅したきっかけは、あなたですよ」

「――何ですって?」

ユリの声が、ややかすれている。

「A商事はこの十五年間、ポメラニアの中の秘密組織と取引を続けて来たんです」

「十五年間?」

「お分りですか? それまでは通常の貿易関係にあったんです。ところが、ポメラニア政府の仕事で大失敗があって、A商事は倒産の危機に見舞われました。そのとき、ポメラニアの高官から、政府の秘密の仕事を引き受けてくれれば、失敗の損害には目をつぶろうと言われたんです」

「それは……」

「A商事の社長はもちろん喜んで飛びつきました。でも、なぜ救って下さるのですか、と社長が訊《き》いたら、『あなたの社には、わが国の女性と結婚している社員がいるから』という返事だったそうです」

十五年前といえば、ユリが伊原と結婚したばかりのころだ。

「社員のごく一部しか、このことは知りません」

と、素子は言った。「もちろん、ご主人はご存じでした。私は――」

ちょっと口ごもって、

「ユリさん。私もポメラニアに生れて育ったんです。日本の商社マンの娘でした」

「あなたのポメラニア語は、学校で仕入れたものじゃないわね。学校で教えている所はないでしょうけど」

「日本の短大を出て、A商事を受けたとき、面接でポメラニア語を話すと分り、採用されました。ご主人は言葉ができるわけではないので、通訳を求めていたんです。私はおかげで機密の中枢に近い所で仕事をするようになりました」

「その、ポメラニア高官の秘密の仕事って、何だったの？」

素子は、少しも恐れの色を見せずにユリを見返し、

「それは、ご主人にお訊きになれば？」

と言った。

そのとき、物音がして、屋上に付添婦が上って来た。洗濯物を干すのだろう、大きなカゴをさげている。

ユリは手にした拳銃を見られないように、スーツの上着の下へしまった。

素子が歩き出そうとする。

「動かないで」

と、ユリは言ったが、

「あなたには撃てないわ」

素子は微笑みを浮かべた。「私たちだけだったとしてもね」

「素子さん――」

「同じように、ポメラニアで生れて育った人間を、撃てる?」

ユリは銃口を下げた。

「それじゃ、奥さん」

樋口素子は会釈して、そのまま去って行った。洗濯物をロープに干している付添婦へ、

「おはようございます。ご苦労様」

と、声までかけながら。

病室へ入ると、ユリは伊原のベッドのそばに寄って、椅子に腰をおろした。

眠りも浅かったのだろう、伊原は目を開けて、

「何だ……。いつ来たんだ？」

と、少しろれつの回らない口調で言った。

「今よ」

「早いな、今日は」

「仕事が午後からなの」

「涼子は？　元気か？　ちゃんと学校に行ってるか？」

「ええ。私がくたびれて寝過しても、ちゃんと一人で起きて行くわ」

「そうか……。まだ中一なのにな。――ついこの間まで小学生でランドセルをしょってたのに……。ちゃんと年齢《とし》の分だけ、しっかりしてくるもんだな」

「そうね」

と、ユリは肯《うなず》いた。「あなた、A商事が――」

天井を眺めていた伊原は、妻へ目を向けて、

「どうしたって？」

「――倒産したって」

伊原が目を見開いて、

「潰《つぶ》れた？　本当か！」

「そのようよ。今朝、社員の人たちが出勤して行ったら、扉に紙が貼ってあったって」

「――そうか」

伊原はゆっくり息を吐いて、「こんな時期だ。そうなってもふしぎじゃないが……」

「心配しないで。貯金もあるし、しばらくは大丈夫」

「ユリ……。何もかも君にやらせて、申しわけない。良くなったら、ちゃんと仕事を見付けて働くからな」

「病人は、静かに寝てればいいのよ」

と、ユリは微笑んだ。

「うん……。涼子のことも、よろしくな」

「当り前じゃないの」

――ユリは、夫の目に涙が光っているのを見て、胸が詰った。

樋口素子と浮気していたとしても、ユリに隠してポメラニアとの仕事――誉められたことではなかったのだろう――をしていたとしても、今、一人病院のベッドで寝ている身に、そばにいてほしいのはユリなのだ。

今の夫を、問い詰めることはできなかった。気弱になり、娘がちゃんと学校へ行っているか心配する夫を、責めることはできない。

涼子にとってはかけがえのない「お父さん」なのだ。

私が……。私一人で解決しなくてはならない。ユリはそう決意した。

「私……行くわね」

ユリは立ち上った。「欲しいもの、ある？」

「欲しいものか……」

「なあに？　言ってみて」

伊原はユリを見ると、指先を自分の唇にそっと当てた。

ユリは理解して、

「馬鹿ね」

と笑うと、かがみ込んで夫の唇にキスした。

「点滴十本分の栄養だ」

「看護師さんなんかに頼んだら、ここから叩《たた》き出されるわよ」

ユリは夫の手を握って、「それじゃ」

と、ドアの方へ歩き出した。

「ユリ」

「え？」

「さっき……一度、ここへ来たか？」

「いいえ。夢でも見てたんじゃない？」

「そうか……。じゃ、また眠って、続きを見るかな」

「夜、来られたら来るわ」

「無理しないで――でも、来てくれ」

と、伊原は言った……。

18　発見

病院を出た所でユリは携帯電話の電源を入れた。

とたんに、待っていたように鳴る。

「もしもし？」

「伊原さん！　河本です」

「ああ、大丈夫？　けがはなかった？」

と、ユリは言った。

「今、どこですか？」

「今？　主人の病院の前」

「すぐ来られますか」

「どこへ？」

住所を聞くと、下町の工場や倉庫の多い辺りである。

「そこで何してるの？」

「見張ってます」

と、河本は言った。「頭に来たんで、今朝A商事へもう一度行ったんです。早すぎたんで、階段に腰かけて待ってると、誰だかやって来て、入口の扉に貼紙して行ったんです」

「見たわ、私も」

「そいつの後を尾《つ》けたんです！」

と、河本は得意げに言った。

その得意満面の顔が目に見えるようで、ユリはつい笑みを浮かべた。

「偉かったわね！」

「もう、すっかり尾行のベテランです。探偵にでも商売替えしようかと思ってますよ」

「それで？」

「あ、すみません、余計なことを——。それで尾《つ》けて来たのがこの場所なんです。看板も何もない倉庫らしいんですよ」

「分ったわ。ともかくすぐ行きます」

と、ユリは言って、「でもね、爆弾で死ぬところだったでしょ。危険だから、無茶なことはしないでね」

と、念を押す。

「大丈夫です。少々のことじゃ死にません」

「死ななきゃいいってもんでもないわ。——いいわ、ともかくそこで待っていて」

話しながら、ユリは駐車場へと急いだ。

アルブレヒトの車を使って、ユリが目的の交差点へ着いたのは三十分ほど後のことである。

道が混んでいると一時間近くかかっただろう。

捜すまでもなく、河本は交差点の横断歩道の所で、ユリの車を待っていた。

「早かったですね！」

と、車の方へ駆け寄って来る。

「そんな目立つ所で——。その場所は？」

「ここを左折して五十メートルほど先です」

「じゃ、向う側へ停めるわ」

ユリは車を目立たない位置へ置いて、交差点へ戻った。

「——中をちょっと覗《のぞ》いてみましたが、トラックが三、四台はあるようでした」

「トラックが？　人はいる？」

「その、貼紙をした奴は中の事務所らしい部屋へ上って行きました。二階みたいになった所があって——。その先は分りませんが、見ている間でも、男が四、五人中へ入って行きました」

「ありがとう。——これね？」

足を止める。

確かに、かなり大きめの倉庫で、正面の扉はほんの五十センチほどだが、人一人、何とか通れるくらい開いている。

看板を外した跡が残り、扉には〈立入禁止〉の貼紙。その辺りは倒産した町工場も多く、この倉庫も、その一つと見えるだろう。

「――分ったわ、ありがとう、河本君」

と、ユリは言った。「あなたはもういいわ」

「でも――ユリさん一人にしておくわけには……」

「大丈夫、私はちゃんと味方が来てくれるの」

「本当ですか？」

「それより……。お願いがあるの。病院へ行って、主人のことを見張っててほしいの」

「ご主人が浮気でも？」

「いやねえ。いくら女好きでも、心臓の手術したばっかりよ」

「すいません」

「誰かが主人を殺そうとしてる。ゆうべも危なかったの。――廊下に立って、出入りする人を見ていて。一見刑事風にしていれば、相手が用心するでしょうから」

「分りました！〈刑事風〉ですね」

どうやらそこが気に入ったらしい。

「どうやるかは任せるわ」

「任せて下さい！　こう見えても――」

「刑事を三年やってまして、なんて言わないでね」

「TVの二時間もののサスペンスドラマは欠かさず見てるんです。いかにもって、刑事くさい演技なら、お手のもんですよ」

色々妙な特技の持主である。

「じゃ、よろしくね。できたら主人に知られたくないの」

ユリは、河本が急いで立ち去ると、その倉庫を見上げた。

正面の扉以外に入口はないだろうか。

建物の両側は、人一人、やっと通れるくらいの細い隙間で、雑草がのびている。

通りを先で曲れば、裏へ出られるのだろうか。――少し行きかけたとき、ユリの目は、通りをやって来るワゴン車に向いた。

あのワゴン車は……もしかして……。

素早く、目の前の果物屋へ入った。

「いらっしゃいませ」

呑気《のんき》そうなおばさんがのんびりと出て来る。

「そのミカンを一袋」

と言って財布を出しながら、ユリの目はワゴン車を追っていた。

ワゴン車は反対車線から右折して、倉庫の前のスペースへ入った。

やはりそうか。——アルブレヒトをはねて連れ去ったワゴン車だ。

「どうも」

ミカンとおつりを受け取り、ユリはまだ少し店の中を見て歩く格好をした。

倉庫の中から、三、四人の男が素早く出て来てワゴン車の中へ消えた。そしてすぐにワゴン車が走り去る。

男が一人、それを見送ってから左右をちらっと見て、すぐ倉庫の中へ戻った。

ユリは果物屋を出ると、公衆電話を捜した。——小さな喫茶店の前に、ずいぶん古ぼけた公衆電話を見付けると、人通りの切れるのを待って、一一〇番した。

「交通事故です！　車とバイクが——。ええ、ちょうど今、目の前で」

ユリは、さっき曲った交差点の名前を告げて電話を切った。

倉庫の近くへ戻り、様子をうかがう。

さっきの様子では、一人だけが見張に残っているらしい。今がチャンスかもしれない。

待ちながら、ユリは自分が今買ったミカンを手にさげたままなのに気付いた。

「こんなもの、持っていられないわ」

といって、捨てるのは気がひけた。

その辺で遊んでいた子供に、

「ミカン、好き？」

と声をかける。

七、八歳かと見えるその女の子がコックリと肯《うなず》くと、
「これ、あげるわ。おばさん、間違って買っちゃったの」

女の子は、首をかしげながら受け取ると、それをさげて駆けて行った。

サイレンだ。——パトカーと、それに救急車のサイレンも別の方から近付いて来る。

ごめんなさい、むだ足で。

心の中で詫《わ》びておく。サイレンはどんどん近付いて来て、あの交差点で停った。

倉庫の扉の所から男が顔を出した。

何か隠したいことがあって、すぐ近くまでパトカーが来たら気になるはずだ。

少したらっていたが、男は表に出て来ると、様子を見に交差点へと駆けて行った。

ユリは足早に倉庫の扉へ近付くと、中を覗《のぞ》いて、スルリと入った。

暗い。——スチールの階段の上の部屋から光が洩《も》れているが、下のフロアはほとんど何も見えない。

目が慣れるまで戸口で待ってはいられない。角の暗がりへ手探りで進み、しゃがみ込んだ。

すぐに男は戻って来た。そして階段を上って行った。

ともかく中へ入りこむことには成功したのだ。ユリはしばらく目が慣れるまで待った。

——工作機械らしいものが端に積み上げてある。ユリはそのかげに身を潜めた。

倉庫の中にはトラックが三台、かなり大型で、コンテナのような箱を引いている。

何を積んでいるのだろう?

ユリは、バッグから拳銃《けんじゅう》を取り出した。――

まるで映画の一場面のようだ。――むろん、人を撃ったことなどない。

しかし、相手が何人もいるときは、当るかどうかより、実際に撃って相手をあわてさせればいい。当ってくれなくていいのである。

中へ入ったものの、今は待つしかない。何か動きがあるだろう。

だが、長くは待たなかった。

車の音がした。そして扉の隙間から男が二人、そして――女が一人。

「――困ったな」

と、男の一人が言った。「ともかく上へ行こう」

「はい」

女は見分けがついた。――樋口素子である。

みんな階段を上って行く。

ユリは、何が起るのか気になって、そっと階段の真下まで行ってみた。

見付かる危険はあったが、上での話を聞くにはそこまで行く必要があったのだ。

「――わざとしくじったな!」

と、怒った声が響いた。

「違います。――奥さんに見られたんです」

素子が答える。

「いずれにしても、失敗したことは変らないぞ」

「分っています」

「野沢はやれたのに、どうして伊原はやれないんだ」

「タイミングが悪かっただけです」

「それだけか？　伊原との間はどうなんだ」

「それは——計画の内だったじゃありませんか」

と、素子が言い返す。

「本気になったんだろう」

「違います」

素子の返事はあくまで冷静だ。

「——待て」

と、口を開いたのは、大分年輩らしい男だ——。

沈黙が続いた。それは、ユリのように離れて聞いていても、何か決定的な予感のようなものをはらんで張りつめた沈黙だった。

「素子が嘘をついているとは思わない」

と、その淡々とした声は言った。「野沢も殺した。私たちを裏切ってはいない」

「お言葉だが、彼女は失敗した。失敗した人間を生かしておくのか」

「我々はマフィアじゃないぞ」

と、他の男が言った。「素子を赦《ゆる》しても危険はない」

「例外を認めるのか？　ボスの女だからか？」

「口をつつしめ」

「本当のことだ！」

ボス。――ボスというのが、あの年輩の男か。

誰なのだろう？

「ともかく、今は大切なときだ」

と、ボスらしい男が言った。「長い間の決着をつけるときだ」

「だからこそ、伊原を生かしておいては危ないんだ」

ユリは混乱していた。――A商事は何をしていたのだろう？　夫はその社員だった。しかし、今の話では、夫がA商事の敵のように聞こえる。

「――素子。みんなの疑いを晴らすために、もう一度伊原を殺しに行くか」

と、ボスが訊《き》いた。

素子の返事までに、長い間があった。

「――いいえ」

「どうして行かない！　やっぱり奴を――」

「愛していれば行きます」

と、素子は言い返した。「少なくともそう言ってここを出ます」

「俺が一緒に行って見届けてやる」

「いやです。──もういやです。人殺しなんて……。私は普通の当り前の女なのに」

素子の声が少し震えた。しかし、すぐに立ち直った。

「その方がみんな安全だと思うなら、私を殺して。──もう疲れました。お金で平和は買えない。心の平和は、あのトラック全部の金《きん》でも買えないわ」

金！──トラック三台分の？

それがポメラニアから持ち出された隠し財産なのか。

ユリはやっと分った。──A商事を通して、逃亡した大統領を始め、何人かの高官たちは、ポメラニアの国庫から少しずつ金を持ち出していたのだ。

表面上は普通の商社でも、その実、その秘密ルートを隠すための存在になっていたのだろう。夫ももちろんそれを知っていた。

しかし、何かまずいことが起った。夫が秘密を洩らしたか、あるいは裏切ったか……。

それであの連中は夫を殺そうとしているのだ。

「──甘いことを言ってる場合じゃないぞ。相手はヘルだ。伊原から我々の名が知れたら、どこまでも追って来る」

「時間がない」

と、ボスが言った。「今さら、伊原を殺しに行くのも、時間のむだだ」

それは、結論を出した、という口調だった。

「暗くなるのを待たず、すぐ出発しよう。もしここが知れたら――」

そのとき、

「アッ！」

と、素子の短い悲鳴が上った。

一瞬の間。

「――何をするんだ！」

「自分で言ったじゃないか、殺してくれと、だからその通りにしてやろうと思ったんだ」

「素子……。傷は？」

「腕だけです」

「やはり死にたくないんだな。俺のナイフをよけた」

「いきなり切りつけるからよ！」

と、素子が反発した。「やるなら――さあ、心臓を一突きして。痛さでのたうち回るのなんか、いやだわ」

「素子――」

ユリは明りの洩れてくる窓が見える所まで進み出ると、窓に狙いをつけて引金を引いた。

銃声は倉庫の空間に響いて爆発のような音を立て、窓ガラスが砕ける。

「明りを消せ！」

「逃げろ！」

「トラックを出すんだ！」

いくつもの声が飛び交った。

ユリはもう一度端の機械のかげへ駆け込んだ。

男たちが階段を下りて来る。銃が二発、三発と扉の辺りめがけて発射された。

「トラックへ乗れ！」

「扉を開けろ！」

「気を付けろ！　外にいるかもしれないぞ！」

倉庫の扉が大きく左右へ開く。トラックのエンジンが唸《うな》りを上げた。

階段を、素子が一人で下りて来た。左の腕を押えている。

ユリは階段の下へ進んで行くと、下りて来た素子の肩をつかんだ。

驚いて振り向いた素子へ、

「黙って！」

と小声で言うと、端の方へ連れて行く。

男たちは、トラックを出すので手一杯だった。しかも外には「幻の敵」が待ち伏せしている。

トラックが動き出した。真中の一台が先に出て、残りが続いた。

トラックは派手にクラクションを鳴らして通りへ出て行った。

——ユリは立ち上ると、

「行ったわ」

「今のは……あなた？」

「ええ。あなたが殺されるのを黙って見ていられなかったの。出ましょう。今の銃声で警官が来るわ」

素子が立ち上って呻《うめ》き声を上げた。

「痛い？」

「いえ……。大丈夫」

「ともかくここを離れましょう」

もともと人通りの多くない場所で幸いだった。

ユリは素子を連れて車まで戻ると、ともかくその交差点から遠ざかった。

「——もう大丈夫」
二、三キロ走って車を停めると、「傷を見せて」
鋭い刃物で切られて、傷は深そうだった。

「出血を止めましょ」

ユリはスカーフで素子の左腕のつけ根を固く縛った。

「ユリさん……」

「話は聞こえてたわ。大方の見当はついたけど……。死んじゃだめよ！　まだそんなに若いのに。いくらだってやり直せるのよ」

どこか医者に連れて行く必要がある。

「うちの近くのお医者さんがいいわ。よく知ってるから何とでも理由がつくし」

再びエンジンを入れ、「できるだけ静かに行くけど、我慢してね」

と言った。

「揺れてもいいから早く」

と、素子が唇をかんで、「今になって――痛い」

「じゃ急ぐわ」

アクセルを踏み込むと、素子が悲鳴を上げて、

「もっと静かに！　お願い！」

と泣き出しそうになる。「静かに、急いでやって！」

「無茶言わないでよ」

と、ユリは苦笑した……。

19　発作

「少し横になって」

　と、ユリは言った。「痛みは？」

「ええ……。痛み止めが効いて来たみたい」

　素子はユリの部屋へ上ると、ソファに横になった。

「いい先生でしょ？　うちの子は女の子のくせに、小さいころによく木から落ちたりして、けがする子だったの。あの先生に、ずいぶんお世話になったわ」

　外科の医院で手当してもらって、素子は一応落ちついた様子だった。

「すいません」

　と、素子は言った。「図々《ずうずう》しくお世話になって」

「ただ心配しただけじゃないわ。あなたの話が聞きたくて来てもらったのよ」

「分ってます」

「あのとき聞いた話だと、要するにA商事がポメラニアの金《きん》を運び出していたのね」

「そうです。十五年もかけて少しずつ」

「じゃ、大統領はずっと国民を騙《だま》し続けてたわけね！　情けない……」

と、ユリはため息をついた。

――ユリにとっては、あの金をU国へ引き渡さなくてはならないのだ。

しかし、素子にそうは言えない。

「あのトラックはどこへ行ったの？」

と、ユリは訊《き》いた。

「私は知りません。本当です。でも、ご主人は知っているはずです」

「あの人が？」

「ええ。ですからご主人を殺そうと、あんなにしつこく……」

「ということは――主人はA商事の裏の仕事に係《かかわ》っていて、それを裏切ったということなの？」

「そうなんです」

と、素子は肯《うなず》いた。「それを確かめるために、私はご主人に近付いたんです」

「主人は――誰の側についてるの？」

「U国の政府から誘われて、あの金をU国へそっくり渡してほしいと言われているようです」

「何ですって？」

ユリは啞然《あぜん》とした。――U国が夫に？

しかし……それならなぜ、U国大使のホレンダーがわざわざヘルまで雇ってユリを脅しにかかったのだろう。

「嘘じゃありませんよ」

と、素子は言った。「もちろん、ご主人の話を信じれば、ということですけど。でも、間違いないと思います」

ホレンダーの話も、額面通りに受け取るわけにはいかないようだ。何か裏がある。

「あの金はいつ運び出すのかしら」

「正確なことは知りませんが、たぶん今夜とか明日《あした》の朝とか……」

一刻でも早く運び出したいだろう。

しかし、持ち出されてしまったら、どうなる？　ヘルが黙ってはいまい。

U国は、詳しいことを伊原に訊けばいいはずだ。

「そうね……。主人は、あの金をどうやって運び出すかは知っていても、その日時までは知らないのね」

「ええ。倒れられてしまったので——。それに、U国とのつながりが疑われてから、ご主人にはわざと間違った情報が流されていました。でも、積み出しの場所など、変えようのないこともあります」

その点はU国もつかんでいると思ってもいいだろう。

「私、病院へ行って主人と話してみるわ」

「ユリさん……」

「あの金はポメラニアの国民のものだわ」

「ええ、分ります。私も気は進まなかったんですが……」

ユリは素子のそばへ寄って、

「もう一つ訊きたいことがあるの」

と言った。

「何でしょう？」

「あそこであなたたちが〈ボス〉と呼んでいたのは誰？　私——あの声と話し方に何だか聞き憶《おぼ》えがあるような気がする。知っている人のように思えたの。名前は？」

「名前は私も知りません。日本人で、みんなは〈ボス〉と呼んでいます」

「あの男がこの計画の中心？」

「大統領の信頼を得ている人物だということです」

「でも……。さっきあなたは、あの男と関係があったと……」

素子は目をそらして、

「ええ……。A商事に入った私が、秘密の仕事へ足を踏み入れたのは、あの男のせいです。もう六十いくつか……。でも、女をひきつけるものがあるんです。でも今はもう……」

「名前で呼ぶようなことってなかったの？」

「仕事上では〈ポトメル〉という名を使っていました」

ユリの顔から血の気がひいた。ユリはカーペットの上に力が抜けたように座り込んだ。

「ユリさん！」

素子がびっくりして、「大丈夫ですか？　どうしたんですか？」

「いえ――何でもない。何でもないの」

と、ユリは言ったが、とてもそうは見えなかったろう。

「ユリさん――心当りがあるんですね」

ユリは答えずに気を取り直したように立ち上ると、

「あなたはここにいて。私は病院へ行ってくるわ」

「ユリさん。――気を付けて下さい。誰かがご主人の所へ来ているかも……」

しかし、ユリは聞いていなかった。

ただひたすら急いで部屋を出て行ったのである。


「――ポトメル」

と、ユリは呟《つぶや》いた。

久しぶりに聞く名だった。――久しぶりに聞くポメラニアの名。

車は病院へ近付いて、時間は既に夕方になっていた。日の落ちるのが早い。

ユリはただひたすら運転に集中した。そうでなければ、立ち直れなかったかもしれない。

病院に着いて車を降りると、急いで中へ入る。

まだ面会時間なので、大勢の人が出入りしている。

伊原の病室の見える所まで来ると、ドアが開いていて、看護師がどこか切羽詰ったあわただしさで駆け込んで行く。

あれは――本当に夫の病室だろうか？

一瞬目を疑う。しかし、近付くにつれ、間違いないと分った。

何があったのだろう？

「早く先生に連絡つけて！」

と、看護師が大声で指示する。

「あ、伊原さん！」

振り向くと、河本が走って来る。

「どうしたの？」

「今、お電話を――。ご主人が発作を起されたそうです」

「発作？　ひどいの？」

「何だかあわてていますが……」

ユリは病室へと駆けて行った。

「――どうしたんでしょう」

「あ、奥さんですね。ご主人、発作で——。緊急手術の準備なんです」

ユリの膝《ひざ》が震えた。

「そんなに……」

言葉が出て来ない。

「先生がみえたら、すぐに手術室へ入りますから」

「よろしくお願いします」

そう言うしかないユリだった。

「——大丈夫ですよ。きっと」

と、河本が言った。

「ありがとう……。私がいるから、もういいわ」

「でも……心配ですから」

ユリは、おかしくなって笑いそうになってしまった。

何も苦労して殺しに来なくても、あの人は死んでしまうかもしれないわ。ご苦労さま！

病室を覗《のぞ》くと、夫の顔にマスクが当てられ、意識はないようだった。

夫から何か情報を聞き出すわけにはいかなくなった。——もし今夜、あの金が運び出されてしまったら……。

涼子。——涼子の身に何か……。

そのとき、ユリの携帯電話が鳴り出した。

電源を切るのを忘れていたのだ。

急いで階段の方へ駆けて行って出てみると、

「――お母さん？」

涼子の声だ。

「もしもし、涼子？ どうしたの？ どこにいるの？」

涼子の声が震えている。

「今……捕まってる……」

「涼子――」

向うが男の声に代った。

「金は我々のものだ。娘の命が惜しかったら、金の隠し場所を捜し出せ」

「誰なの？ あなたは何者？」

「U国の権利を代表している、と言っておこう」

男の声は、どこかで聞いたことがあった。

「ヘルの部下？」

違うという気がしたが、確かめる必要があった。

「ヘルはホレンダー大使と組んで、金を横奪《よこど》りしようとしている。私はU国政府の正式な情報部員だ」

「では――主人とつながりがあったのはあなたね」

「ご主人は肝心のことで偽の情報を教えられていた。あなたには本当のことを知る機会があるはずだ」

「それはどういう意味？――娘に何もしないで！」

「無事に帰してほしければ、金をいつどこから運び出すか、突き止めることだ。誰に訊《き》けばいいか、分っているだろう」

ユリは、何も言い返せなかった。

「――また連絡する」

と、男は言って、通話を切った。

涼子……。とんでもないことになってしまった！

ホレンダー大使が、U国を裏切ろうとしている。それはありそうなことだった。

U国の情報部員を名のる男とヘルたちが別々に動いていることもそれを裏付けている。

――しかし、それが分ったところで、どうしたらいいのだろう？

涼子……。ごめんね。お母さんのせいで、こんなことになってしまった……。

力なく病室の方へ戻って行くと、

「先生、何か？」

看護師が白衣の男に声をかけている。

「伊原って患者がいる？」

「今、緊急手術の準備中です」

「あ、そうか。――いや、それならいい」

男が病室の方へ背を向けて、ユリの方へやって来る。

今の声……。ユリは、はっきりと聞きわけた。

あの倉庫の中で、素子にナイフで切りつけた男だ！　伊原を殺そうとやって来たのに違いない。

ユリはそのまますれ違った。向うはユリの顔を知らないのだ。

河本を手招きして呼ぶと、

「手伝って」

「はい」

「私が何をしても止めないで」

「分りました」

「あの白衣の男。階段の所へ引っ張って行くわよ。ナイフを持ってる。気を付けて」

「そうですか」

河本は足早に白衣の男に追いつくと、「もしもし」

と肩を叩《たた》いた。

「うん？」

と振り向いたところへ河本がいきなりパンチを食らわすと、相手はアッサリのびてしまった。

「よくやったわ」

「伊原さんにほめられるなんて、光栄です」

と、河本は言った。

非常階段の踊り場で、男がやっと意識を取り戻すと、

「畜生！　何だっていうんだ！」

「大きな口を叩かないの。主人を殺しに来たくせに」

男はユリが拳銃《けんじゅう》を手にしているのを見てギョッとした。反射的に手がポケットを探っている。

「こっちにいただいたよ」

と、河本がナイフを見せる。

「——何だっていうんだ！」

「強がらないで。撃たれると痛いわよ」

ユリは、空いたベッドから、枕を一つ拝借して来ていた。

「ポメラニアから盗み出した金は今、どこにあるの？　隠さないで。分ってるんだから。素子さんから聞いたわ」

「あいつ！」

「トラック三台分の金、どこへ運んだの？　いつ運び出すの？」

男は口もとを歪《ゆが》めて笑うと、

「知るか」

と言った。

ユリは拳銃の銃口を枕へ押し当てて引金を引いた。銃声が鈍く響き、男は左足を射ぬかれて叫んだ。

「痛い！——何するんだ！　畜生！」

「早く話しなさい。娘の命がかかってるの。容赦しないわよ」

「こんな真似して……」

二発目が左腕をかすめて、血が飛び散った。男が苦痛に転げ回る。

「ここで出血多量で死ぬまで放っといてもいいのよ」

と、ユリは言った。「次は右足？」

「やめてくれ！——やめてくれ！」

男は泣き出した。

「じゃ、言いなさい！」

ユリは銃口を真直ぐ男の頭へと向けた……。

20 再会

ユリが団地へ戻ったときはすっかり夜になっていた。

玄関の鍵《かぎ》をあけようとして――誰かにあけられているのを知った。

急いで拳銃を手にすると、そっとドアを開けた。

「素子さん?」

小声で呼びながら上ると、素子は、ユリが出かけたときと同じソファに横たわっていた。しかし――素子はもう苦痛を感じなくなっていた。

首の骨を折られ、口から血を吐いて、目をうつろに開けたまま、素子は死んでいた。

ユリは素子の瞼《まぶた》を閉じてやった。

何も知らないのに、知っていることを言えと責められたのではないか。――そう考えると、やり切れなかった。

人の気配に振り向くと、ヘルの部下が立っていた。

「あなたがやったの」

「違う」

と、首を振って、「俺が来たときは、もう死んでた」

本当かどうか、知りようがない。男は相変らず黒ずくめの服装だ。

「分ったのか」

と言った。「今日、怪しいトラックが三台、走り去るのを見られている」

「それがあなたたちの欲しがってるものよ」

と、ユリは言った。

「いつ運び出す？」

「今夜」

「場所は？」

「案内するわ」

と、ユリは立ち上った。

「でも、その前にヘルに会わせて」

「どうしてだ」

「会ってから言うわ」

ユリは男を正面から見つめた。

「――ついて来い」

と、男は促した。

大使私邸の地下、前にもユリはここへ連れて来られた。

しかし、今は恐怖よりも激しい怒りの方がユリを圧倒していた。

「よく来た」

ヘルが机に腰をかけていた。そして今日はもう一つ、アームチェアが置かれ、アルブレヒトが杖《つえ》を手に身を沈めている。

「ユリ……。心配かけたね」

「私より、あけみさんの方が」

と、ユリは言った。

「あの子とはもう会わない」

と、アルブレヒトは辛《つら》そうに眉《まゆ》を寄せて、「あの子は若い。じきに私のことは忘れるだろう」

「話はドイツ語で願おう」

と、ヘルが言った。「突き止めたかな？」

ユリは肯《うなず》いて、

「でも、あなたたちも危ないわ」

と言った。「ホレンダー大使と一緒に、金を持って逃げるつもりね。大方、亡命先とも話がついてるんでしょう」

「誰がそんなことを——」

「U国のスパイよ。あなたたちのことをちゃんと承知してる。今、娘を人質に取ってるわ」

「涼子ちゃんを？」

「私にとっては娘の命が大切なの。――私が場所と時間を教える。その代り、娘を助け出して」

ヘルはちょっと笑って、

「母は強しだな。この間とは打って変って勇ましい」

「しかし、U国政府が知っているとなると……」

「大丈夫だ、アルブレヒト。大使が亡命したなんてことは、一国の恥だ。もみ消されるよ」

と、ヘルが言った。

「アルブレヒト……」

と、ユリは言った。「あなたもこの人たちと一緒なのね」

「突然、異国に放り出されて、故郷も失くなって帰れない。そんな国に忠誠を尽くしても仕方ない。――前から、ポメラニアの国庫の金が持ち出されているという噂はあった」

「あなたをはねたワゴン車は――」

「その連中の車だ。私は河原へ連れて行かれて殺されかけたが、この男に救われた。それで、組む気になったのさ」

「でも、アルブレヒト。あの金はポメラニアの人たちのものだわ」

「分っている。しかし、もう国もなく、人々も散り散りになってしまった。返すといってもどこへ?」

「——それはそうだけど」

ユリは失望した。

「君の愛国心が痛むかね」

と、ヘルが言った。

ユリはヘルを真直ぐに見据えると、

「私の愛国心は、よくこの国の偉い人たちが言うような安っぽいものではないわ。過去を美化してそれにしがみつくのでもなければ、今の政府に尻尾《しっぽ》を振るのとも違う。故郷の大地と、そこに生きている人たちすべてを愛することよ。だからこそ国の財産を盗んだ大統領たちは許せない」

ヘルは小さく肩をすくめて、

「いいだろう。——では、出かけようか」

「向うは何人もいるわ」

「この男一人で充分だ」

と、ヘルは部下を見て言った。

「もう一つ、お願いがあります」

「何だ？」

「一人だけは殺さないでおいてほしいの」

と、ユリは言った。

すべては十分足らずで終った。

ヘルの言葉も、決して誇張ではなかったのである。

いくら銃を持った男が何人もいたとしても、殺しの訓練を受け、実際に何人も殺して来ているプロの敵ではない。

様子がおかしい、ということに気付いたときには、トラックを守っていた男たちは一人も生きていなかった。

港の工事現場の跡に残されたプレハブの建物の中へ、あの男が消えると、数発の銃声と叫び声が聞こえた。

そして戸が開くと、

「片付きました」

と、男が言った。

ユリは進み出て、

「あの人は？」

「生きてる。——まだな。抵抗した。仕方ない」

ユリは小屋の中へ入った。

血の匂いが立ちこめて、心臓か額を撃ち抜かれた死体が床や机の上にあった。

その奥の方から、苦しげな息づかいが聞こえて来た。

ユリが歩を進めると、机にもたれて床に座り込んだ白髪の男が、腹の辺りを血で濡《ぬ》らしていた。

ユリが足を止めて見ていると、やがて顔を上げ、

「――お前か」

声がかすれた。

「こんな所で会うなんて……。お父さん」

と、ユリは言った。

「知っていたのか……」

「いいえ、素子さんが言ったから。『ポトメル』と名のってるって。――お母さんの、結婚前の姓だわ」

辻井善之――ユリの父は、ゆっくり息を吐くと、

「お前は……あいつらの仲間か」

と、訊《き》いた。

「いいえ。仕方なくよ。夫と娘との暮しを守るために」

「そうか……。それなら良かった。――お前がポメラニアのスパイをやっていると聞い

て、胸が痛んだ。しかし――お前は母さんに似ている。堅実で、粘り強く、家族を愛している……」

「お父さん」

ユリは父の前に膝《ひざ》をついて、「どうしてお母さんと私を捨てたの？」

「ユリ……。悪かった」

と、辻井は言った。「大統領の頼みを――私は断り切れなかったんだ」

「あの飛行機に乗っていなかったのね」

「ああ。乗客名簿に名が残り、私は死んだことになった。連絡しようと思ったが、その前に、秘密警察の人間に捕まってしまった」

「そして、大統領と？」

「私はそのころ、母さんの他に愛人がいた。大統領は何でも知っていた……。お前たちを愛していなかったわけじゃない。――ただ、ちょっとした偶然のせいだ……」

辻井は苦しげに息をついて、「ユリ……、手を……取ってくれ」

ユリはためらった。母と自分を捨てた父を、父とは思いたくない。――しかし、今はたとえ他人でも頼みを聞くべきだろう。

ユリは膝をつくと、父の血で汚れた手を取った。

「――ありがとう」

と、辻井は言った。「娘も……見たよ」

「涼子を？」

「可愛い。しっかりした子だ……。あの子を見たとき、後悔した。こんな風でなく、もっと早く、お前たちに会いたかったと……」

「遅すぎたわよ」

と言って、ユリの目から涙が溢《あふ》れた。「今になって……」

「泣いてくれるのか……。ありがとう」

辻井は微笑むと、「母さんには――これから会って、謝るよ……」

父の体がズルズルと床へ崩れた。

ユリはゆっくり立ち上ると、動かなくなった父を見下ろした。

そのとき、表で激しい銃声がした。

ユリは頭を低くした。建物の窓が砕け、いくつもの銃声が交錯した。

しかし――長くは続かなかった。

銃声が止むと、ユリは、床のガラスの破片を靴でよけながら、小屋から出て行った。

「止れ！」

ライトが当り、ユリは両手を上げた。

「撃つな！」

と、鋭い声。

アルブレヒトとヘルが血に染って倒れている。

銃を手にした数人の男たちは、

「中を調べろ」

という命令で、小屋の中へ入って行った。

「――あなたの声ね！」

ユリは思い当った。「涼子は？」

「元気にしてますよ。奥さん」

団地の「一階下のご主人」山倉である。

「あなたがU国の……」

「奥さんと同様、スパイとして暮しています。ご主人を仲間へ引き込んでね。もちろん、そのために同じ団地へ住みついたんです」

と、山倉は言った。

「主人は今重態で、手術中です。もう、そっとしておいて」

「もちろん。我々はその荷物を手に入れれば、文句ありません」

「涼子はどこ？」

「もちろん、うちで家内が預っています」

同じ団地にいたのだ！

「――今ごろは、ホレンダー大使も解任されて、逮捕されているころです」

と、山倉は言った。「ご苦労様でした」

ユリは、山倉の部下たちが出て来るのを見ていた。

「全員死亡」

「そうか。では、このトラックをいただいて帰るぞ」

山倉は、ユリを見て、「あの若い娘の死体は片付けておきましたから」

「あなたが――」

「部下が、つい弾みでやってしまったんです。忘れて下さい」

山倉は会釈した。

ユリは、アルブレヒトとヘルの死体を見ていたが――。

「い、い、もう一人は？」

と訊いた。

そのとき、トラックの一台がカッとライトを点《つ》け、エンジンが唸《うな》り声を上げた。

「危ない！　撃て！」

山倉へ向って、トラックは突進した。

ユリはコンクリートの地面へ伏せた。

山倉が叫び声を上げてトラックの大きなタイヤの下へ巻き込まれた。

銃弾がトラックへ向けて発射されたが、逆にトラックが男たちを追い詰めた。

「助けて！」

悲鳴が上って、次々にトラックにひかれ、弾《はじ》き飛ばされる。最後の一人が、岸壁のクレーンを背に、叫んだ。

「やめてくれ！」

トラックが大きなクレーンの脚に激突した。火花が飛び、やがてトラックの運転席は火に包まれた。

ユリは、呆然《ぼうぜん》として、散らばった死体を見渡した。

サイレンが近付いて来る。

ユリは、パトカーが十台ほどもやって来るのを見た。その中に、一台のリムジンがあった。

「――佐久間さん」

と、ユリは呟《つぶや》いた。

佐久間が車から降りて、ユリの方へやって来た。

「――よくここが分りましたね」

「あなたの車に、発信機を付けていたのです」

と、佐久間は言った。「監視態勢を取っていました」

「私を？」

佐久間はトラックへ目をやって、

「ポメラニア共和国は日本に巨額の負債を残しています。これをその返済に当てたい」

「待って下さい」

と、ユリは言った。「これは、ポメラニアの人たちの払った税金です。汗と涙が生み出したものです。ポメラニアの国民に返すべきです」

「お気持は分ります」

佐久間は目を伏せて、「しかし、私は日本国政府の大臣なのです。——申しわけないが、分って下さい」

ユリは、何も言わなかった。固く唇を結んで、佐久間へと一礼し、歩き出した。

「止って!」

と、警官が立ちはだかったが、

「通せ!——その人は通していい」

と、佐久間が命じた。

ユリは、真夜中の波止場を足早に立ち去って行った……。

エピローグ

タクシーの中で、涼子は眠っていた。

無理もない。恐ろしい体験だったから。いくら毎日見慣れた人とはいえ、誘拐された

ことには変りないのだ。

山倉の妻は、夫の死を聞くと、すぐに荷物を手に出て行った。

タクシーは病院の前に着いた。

「涼子。——着いたわよ」

と、ユリは言った。

「うん……」

涼子はユリの手を確かめるように握って、「怖い夢を見てた……」

「そうね。もう見なくてすむわ」

二人が降りると、夜間出入口に河本の姿が見えた。

「伊原さん！」

「河本君、どう？」

「あと少しで手術が終るそうです」

「そう。じゃ、もってるのね」

「とっても丈夫な心臓だと医者がびっくりしてるそうです。きっと、奥さんがいいからですね」

「娘もね」

と、涼子が言った。

「先に行って。お母さん、すぐに行くわ」

ユリは、涼子と河本が入って行くと、携帯電話のボタンを押した。

「——はい」

すぐに返事がある。ユリの胸が痛んだ。

「伊原ユリです。あけみさんね」

「はい」

「今日……撃ち合いがあって……」

「撃ち合い？——アルブレヒトは？」

「それが……」

「——死んだんですね」

「私と一緒に、撃ち合いに巻き込まれて、私をかばって弾丸に当ってしまったんです。ごめんなさい」

しばらく、すすり泣く声が聞こえていた。やがて、あけみが言った。

「ユリさんが生きていて良かった」

「あけみさん……」

「アルブレヒト、何か言い遺《のこ》しましたか？」

ユリは迷ったが、嘘はいつか知れる。

「いえ……。弾丸が心臓を射ぬいて……」

「そうですか。じゃ、苦しまなかったんですね。良かった」

あけみはしっかりした声で、「私、大丈夫です。アルブレヒトとの思い出がありますから」

「また……会いましょうね」

「一つ、お願いが」

「何かしら？」

「私が免許を取ったら、アルブレヒトの車を譲って下さい」

「ええ、約束するわ」

と、ユリは言った……。

――手術室のフロアに降りると、

「お母さん、遅いよ！」

と、涼子が手を振った。「お父さん、もう集中治療室へ行っちゃったよ！」

「あら……。じゃ、うまくいったのね」

「私、安心しちゃった」

と、涼子は言った。

「何のこと？」

「これで、お父さんも心臓が丈夫だって分ったから、私も絶対に丈夫だ」

「それって、涼子……。お母さんがよっぽど図々《ずうずう》しいみたいじゃないの！」

二人は顔を見合せて笑った。

抱き合う母と娘を見て、河本は声を上げて泣いていたのだった……。

解説

西上《にしがみ》心太《しんた》

本書は桃園《とうえん》書房から発行されていた「小説CLUB」の一九九九年八月号から二〇〇〇年一月号に掲載された作品です。その後、一九九九年十二月に角川春樹《かどかわはるき》事務所からノベルス版として刊行されました。雑誌の号数は実際の日時より先行しているので、こういう例もままあるようです。そして一年後の二〇〇〇年十二月に、同社から文庫版が刊行されました。今回は十八年ぶり、二度目の文庫化になります。

かつて『奥さまは魔女』という人気テレビドラマがありました。一九六〇年代半ばから七〇年代初めにかけてアメリカで制作された番組です。可愛らしく明るい妻サマンサと、広告代理店に勤める夫ダーリンは相思相愛で結ばれ、後にはタバサという娘も生まれます。

何度も再放送されたので、幅広い年代の方に知られていると思います。最近も当時の映像を使ったCMや、リメイク作品が国内で作られたほど。

サマンサとダーリンの夫婦は、郊外にマイホームを構えているようで、絵に描いたような中流ホワイトカラーの家庭という設定でした。どこから見ても幸せで仲の良い夫婦ですが、二人には隠さなければならない秘密がありました……と、もったいぶってもしかたがない。そうです、タイトルにあるように、奥さまは魔女だったのです(笑)。魔法は使わない約束だったのに、しょっちゅう魔女の世界からサマンサの家にやってきては引っかき回す母エンドラを筆頭に、二人の家庭にはさまざまなトラブルが起きてしまいます。サマンサはしかたなく魔法を使い、事態の収拾をはかります。すると向かいに住む主婦がそれを目撃。ところが金棒引きの主婦の話を彼女の夫は全く信用せず、無事にサマンサ一家の秘密は保たれるのがお約束です。

日本における嫁姑《よめしゅうとめ》関係と同じ、夫と妻の母親との不仲(アメリカでは、どういうわけかこちらの組み合わせに問題が多いようです)や、穿鑿《せんさく》好きの隣人という、どなたにも起こりうるおなじみの問題を加味した、楽しいシチュエーションコメディでした。

サマンサの秘密は魔女という属性にありましたが、本書の主人公・伊原《いはら》ユリの秘密はその職業にあります。彼女はスパイだったのです。

伊原ユリは四十一歳。中規模の商社に勤める夫の修一《しゅういち》との間には中学一年生で十三歳になる一人娘の涼子《りょうこ》がいます。ユリは英語、ドイツ語、フランス語などに堪能《たんのう》で、主婦業のかたわら、その能力を活《い》かして人材派遣会社に登録し、通訳や翻訳の仕事を請け負っています。

ユリはスパイといっても危険なことをしているわけではありません。外国人と財界人が集まる立食パーティなどで通訳を務め、そのおりに小耳にはさんだ会話を報告するという地味なエージェントなのです。第二章の章題にあるように、まさに「草の根スパイ」という言葉がぴったりでしょう。

ユリ一家は団地住まいで、最寄り駅に出るにはバスに乗らなければなりません。郊外という印象ですね。さらに夫は商社勤めのホワイトカラーであり、ユリに気があることが透けて見えるお節介な階下の住人もいて、サマンサ一家とユリ一家を取り巻く環境がなんとなく似ているのが愉快です。

一見平凡な人間が実は……というパターンの物語は赤川次郎《あかがわじろう》さんお得意のテーマのひとつです。なかでもすごいのが一家中が表の顔と裏の顔を持っているという、初期の代表作『ひまつぶしの殺人』から始まる《早川《はやかわ》一家》シリーズでしょう。ルポライター実は殺し屋が長男、インテリアデザイナー実は詐欺師が長女。そして母親は美術商実は泥棒の親分なのです。ところが正義感が強い三男は警察官に、そして家族の裏の顔を知ってしまった次男は弁護士になり、家族の悪事がばれた時に備えるという、いったいどうしたらこんなことを考えつくのかという、ぶっ飛んだ設定のシリーズでした。

また天涯孤独な女子高校生が、弱小暴力団の跡目を継ぐという『セーラー服と機関銃』もそうでしょう。こちらは意外すぎる環境の変化によって、平凡な女子高校生の人生が一変するという作品でした。自らの意思ではなく他の力によって押し流されながらも、与えられた環境で生きていく。方法論は違いますが、困難な状況に向かっていくという点では共通しているのではないでしょうか。

本書で赤川さんは、主婦スパイという意外性はあるがシンプルな形で、表と裏の顔が違うヒロインに降りかかるトラブルを描こうとしたのでしょう。

実は赤川作品の後に、主婦の意外な裏の顔を描いた作品が何作か登場しました。その一つが荻原浩《おぎわらひろし》の『ママの狙撃銃』(二〇〇六年)です。こちらのヒロインもユリと同じ四十一歳で、夫と二人の子供がいる専業主婦です。幼いころアメリカで育った彼女は祖父から射撃を習ってめきめきと上達し、やがてとある組織からスカウトされ、プロのスナイパーとして仕事を請け負った過去があったのです。日本に帰国し、結婚してすっぱりと足を洗ったのですが、再び彼女に仕事が持ちかけられて……、というストーリーでした。

もう一作が大沢在昌《おおさわありまさ》の『ライアー』(二〇一四年)です。なんとこちらのヒロインも四十一歳です。偶然もここまで重なると奇妙な気がします。彼女は消費情報研究所に勤めるキャリアウーマンです。しかしそれは表の顔。その研究所は国家の秘密組織の隠蓑《みの》でした。彼女はこの組織の命令で、暗殺を実行する――ただし国外に限る――殺し屋なのです。大学教授の夫と小学生の一人息子が家族です。上海に家族旅行に出かけ、旧友と会うという口実で家族と別行動を取り、命じられた任務を遂行しますが、帰国後にその任務のおかげで彼女の家族に災厄がもたらされます。そして大沢作品らしく、ヒロインはそれに抗《あらが》い戦いを挑むというハードな展開が待ち構えています。

さて、ユリが情報を上げる国は、東ヨーロッパにあるポメラニア共和国という小国でした。ところが、この国家が消滅してしまったというTVのニュースが流れたのです。国家財政は以前から粉飾を続けており、ついに破綻《はたん》。大統領は隠し財産を持って海外に逃亡。ユリは仕えていた駐日大使のアルブレヒトから以上のような詳細を聞きました。大使館は閉鎖、もちろんこれまで貰《もら》っていた給料も打ち切りです。十五年に亘《わた》って続けてきた「草の根スパイ」が失業の憂き目を見ることになったのです。

そしてこの直後からユリの周りで異変が続きます。貴重な収入源を失い、夫が入院中というピンチに、ユリはいっそう通訳の仕事に身を入れます。ところが仕事現場に向かう途中、ユリは駅のホームで背中を押され、電車が入線する線路に転落しそうになります。さらにユリに何かを渡そうとして再会したアルブレヒトが、ユリの面前で車にはねられそのまま拉致《らち》される事件も起きてしまいます。

こうしてユリは入院中の夫や、中学生の娘を抱えるハンデを負いながら、国家消滅の裏事情がからんだ陰謀に巻き込まれていくのです。そして後半は、どんでん返しのつるべ打ちが続きます。その果てに明かされる真相には、ミステリーを読み慣れた読者もきっと驚くことでしょう。

赤川次郎さんのミステリー作家としてのキャリアは、一九七六年に「幽霊列車」が第十五回オール讀物《よみもの》推理小説新人賞を受賞したことから始まりました。それ以来、赤川次郎さんは毎年毎年倦《う》むことなくコンスタントに作品を書き続け、二〇一六年には作家デビュー四十周年を迎え、現在では著作数は六百冊を超えています。

アイデアあふれるプロットを、読みやすい文体で綴《つづ》った作品は、性別や年齢を問わず、幅広い読者に受け入れられています。親から子、そして孫まで、三代に、あるいはひょっとすると四代に亘ってまで読み継がれる国民的ミステリーを書き続けている作家なのです。

その功績によって赤川さんは二〇〇六年に日本ミステリー文学大賞を受賞されています。この賞の対象となるのは「わが国のミステリー文学の発展に著しく寄与した作家および評論家」です。つまりは読者の支持を受け、長い期間に亘って作品を書き続けている作家でなければならないのです。まさに赤川さんこそ、それにふさわしい作家の筆頭といえるでしょう。

大ベテランの赤川さんですが、一九七六年にデビューした時の年齢は二十八歳でした。赤川さんの登場が呼び水になったのかはわかりませんが、このころは若い作家が次々と出てきた時代でした。赤川さんのデビューから二年後の一九七八年には、二十三歳の竹《たけ》本健治《もとけんじ》が『匣《はこ》の中の失楽』でデビュー。すでに評論活動を始めていた二十五歳の中島《なかじま》梓《あずさ》が、栗本薫《くりもとかおる》名義で応募した『ぼくらの時代』が、第二十四回江戸川乱歩賞を受賞したのもこの年でした。さらに同年には二十三歳の今野《こんの》敏《びん》が「怪物が街にやってくる」で第四回問題小説新人賞を受賞、翌一九七九年にはやはり二十三歳の大沢在昌が「感傷の街角」で第一回小説推理新人賞を受賞しデビューしています。

栗本薫さんは惜しくも二〇〇九年に亡くなりましたが、作風こそ違え、当時の若手作家が競い合い、ほぼ四十年という長い歳月を、ファンの期待に応《こた》えて歩み続けてくれたことは感謝に堪えません。その中でももっとも読者に対して、サービス（奉仕）を続けてきてくれたのが赤川次郎さんであることに、異論を唱える人はいないでしょう。

本書はシリーズものではない単発作品であり、六百冊を超える赤川作品の中でややもすると埋もれがちになります。しかし、本書は本書なりの、この作品ならではの魅力に満ちています。

主婦であり、素人スパイである伊原ユリ。愛する家族を守るために奮闘するユリの活躍ぶりをぜひお楽しみ下さい。

本書は、二〇〇〇年十二月にハルキ文庫より刊行されました。

スパイ失業《しつぎょう》

赤川次郎《あかがわじろう》

平成31年 1月25日 初版発行
令和6年 5月30日 7版発行

発行者●山下直久

発行●株式会社KADOKAWA
〒102-8177 東京都千代田区富士見2-13-3
電話 0570-002-301(ナビダイヤル)

角川文庫 21401

印刷所●株式会社KADOKAWA
製本所●株式会社KADOKAWA

表紙画●和田三造

●お問い合わせ
https://www.kadokawa.co.jp/(「お問い合わせ」へお進みください)
※内容によっては、お答えできない場合があります。
※サポートは日本国内のみとさせていただきます。
※Japanese text only

ISBN 978-4-04-106983-7 C0193

角川文庫発刊に際して

角川源義

　第二次世界大戦の敗北は、軍事力の敗北であった以上に、私たちの若い文化力の敗退であった。私たちの文化が戦争に対して如何に無力であり、単なるあだ花に過ぎなかったかを、私たちは身を以て体験し痛感した。西洋近代文化の摂取にとって、明治以後八十年の歳月は決して短かすぎたとは言えない。にもかかわらず、近代文化の伝統を確立し、自由な批判と柔軟な良識に富む文化層として自らを形成することに私たちは失敗して来た。そしてこれは、各層への文化の普及滲透を任務とする出版人の責任でもあった。

　一九四五年以来、私たちは再び振出しに戻り、第一歩から踏み出すことを余儀なくされた。これは大きな不幸ではあるが、反面、これまでの混沌・未熟・歪曲の中にあった我が国の文化に秩序と確たる基礎を齎らすためには絶好の機会でもある。角川書店は、このような祖国の文化的危機にあたり、微力をも顧みず再建の礎石たるべき抱負と決意とをもって出発したが、ここに創立以来の念願を果すべく角川文庫を発刊する。これまで刊行されたあらゆる全集叢書文庫類の長所と短所とを検討し、古今東西の不朽の典籍を、良心的編集のもとに、廉価に、そして書架にふさわしい美本として、多くのひとびとに提供しようとする。しかし私たちは徒らに百科全書的な知識のジレッタントを作ることを目的とせず、あくまで祖国の文化に秩序と再建への道を示し、この文庫を角川書店の栄ある事業として、今後永久に継続発展せしめ、学芸と教養との殿堂として大成せんことを期したい。多くの読書子の愛情ある忠言と支持とによって、この希望と抱負とを完遂せしめられんことを願う。

一九四九年五月三日

角川文庫ベストセラー

君を送る　赤川次郎

〈染谷通商〉の幹部会で、社長の提案した新規事業への参入に反対したとして、営業部長・矢沢の首が飛んだ。入社した頃から世話になっていた深雪は矢沢の送別会をやろうとするが、やはり前途多難で……。

ハムレットは行方不明　赤川次郎

大学生の綾子がたまたま撮った写真の中に、行方不明だった教授の息子が写っていた！　そこから巻き起こる新たな殺人事件……シェイクスピアの『ハムレット』の設定を現代に移して描いたユーモアミステリ。

女社長に乾杯！　赤川次郎

地味で無口な社員・伸子が、会社のメインバンクの実力者から社長に指名された！　パワフルな秘書と元営業部長の力を借りながら、社内改革に乗り出す！　そんな時、前社長の愛人が殺されて……痛快ミステリ。

沈める鐘の殺人　赤川次郎

名門女子学院に赴任した若い女教師はいきなり夜の池で美少女を救う。折しも、ひと気のない校内で鐘が暗く鳴り、不吉な予感が……女教師の前に出現する不可解な出来事。奇妙な雰囲気漂う青春推理長編。

真実の瞬間　赤川次郎

ハネムーンから戻った伸子は、突然、父親から20年前の殺人を告白される。果たして、父に何があったのか……社会的生命をかけて自らの真実を追求する男と家族との葛藤を描く衝撃のサスペンス。

角川文庫ベストセラー

踊る男　赤川次郎

突然踊り出すが、自分の行動を全く憶えていないという男。しかしある日、死体で発見され、一人暮らしの部屋には無数の壊れた人形が散らばっていた。表題作ほかショートショート全34編。

雨の夜、夜行列車に　赤川次郎

地方へ講演に行く元大臣と秘書。元部下と禁断の恋に落ちた、元サラリーマン。その父を追う娘。この2人を張り込み中に自分の妻の浮気に遭遇する刑事。今しも彼らは、同じ夜行列車に乗り込もうとしていた。

勝手にしゃべる女　赤川次郎

なんとなくお見合をしようとした直子の下へ、叔母から紹介したい人がいるという話が…。その相手は、毎週日曜の夜9時に、叔母の家へ来るらしい。直子がそこで目撃した光景とは……。

血とバラ　懐しの名画ミステリー①　赤川次郎

ヨーロッパから帰国した恋人の様子がおかしいことに気がついた中神は、何があったのか調べてみると……（「血とバラ」）。ほか「忘れじの面影」「自由を我等に」「花嫁の父」「冬のライオン」の全5編収録。

悪魔のような女　懐しの名画ミステリー②　赤川次郎

妻が理事長を務める女子校で、待遇に不満を抱える事務長の夫が妻の殺人を画策するが……（「悪魔のような女」）。ほか「暴力教室」「召使」「野菊の如き君なりき」の全4編収録。

角川文庫ベストセラー

天使と悪魔①
天使と悪魔
赤川次郎

おちこぼれ天使と悪魔の地上研修レッスン一。天使は少女に悪魔が犬に姿を変えて地上へ降りた所は、人のいい刑事が住むマンション。殺人事件に巻きこまれた二人が一致協力して犯人捜しに乗り出す。

天使と悪魔②
天使よ盗むなかれ
赤川次郎

おちこぼれ天使マリと悪魔・犬のポチがもぐり込んだ独身女社長宅に、謎の大泥棒〈夜の紳士〉が忍び込んだ！　事件解決に乗り出してきたのは超ドジ刑事。泥棒と刑事の対決はどうなる？

天使と悪魔⑥
天使に涙とほほえみを
赤川次郎

天国から地上へ「研修」に来ている落ちこぼれ天使のマリと、地獄から追い出された悪魔・黒犬のポチ。奇妙なコンビが遭遇したのは、「動物たちが自殺する」という不思議な事件だった。

天使と悪魔⑦
悪魔のささやき、天使の寝言
赤川次郎

人間の世界で研修中の天使・マリと、地獄から成績不良で追い出された悪魔・ポチが流れ着いた町では、奇怪な事件が続発していた。マリはその背後にある邪悪な影に気がつくのだが……。

天使と悪魔⑧
天使にかける橋
赤川次郎

研修中の天使マリと、地獄から叩き出された悪魔ポチ。今度のアルバイトは、須崎照代と名乗る女性の娘として、彼女の父親の結婚パーティに出席すること。実入りのいい仕事と二つ返事で引き受けたが……。